人妻艶《つや》うた

末廣 圭
Kei Suehiro

三交社 文庫

目次

※この作品は艶情文庫のために書き下ろされたものです。

第一章　愛《いと》しい奥さんの浮気

宏美《ひろみ》が三週間ぶりに帰ってきた。

化粧が変わっている。ちょっと派手目に。以前より、赤い口紅が色濃く濡《ぬ》れていた。睫《まつげ》毛も長くなったように見えるし、背中に流した髪をブルーのリボンで結んでいた。

リボンをあしらったことなど、一度もなかったことなのに。

(ひょっとすると、新しい男ができたのか)

それにしてはおかしい。

極冷えのビールで喉《のど》を潤しながら、米倉宗佑《よねくらそうすけ》は、注意深い視線を宏美に投げた。

新しい男との出会いがあったら、こんな時間におれを訪ねてくるわけがない。

腕の時計は、すでに夜更けの十時過ぎを指していた。

「この前会ったときより、若返っているし、きれいになったみたいだな」

興味半分で宗佑は、ちょっぴりからかった。手にしていたビールのジョッキをごとんとテーブルに戻して、宏美はくくっと笑った。

「急にどうなさったんですか、今夜は。腋《わき》の下がくすぐったくなるほど、口がお上手になって」

淡い杏子色《あんずいろ》のブラウスの胸元に指先をあてがい、宏美は赤い唇を、きゅっとすぼめた。照れているときの、彼女の癖だった。

うーん、やっぱり怪しい。

（いつもより胸も盛りあがっているみたいだし）

三十四歳になった女性の胸が、たった三週間で膨らむはずもないのだが、宗佑の目には、確かにそう映った。

その一方で、ひょっとすると、おれは溜《た》まっているのかもしれない。思いかえしてみると、この二週間ほど、仕事の忙しさもあって、女の柔肌に接していなかった。男の目はその日その日のコンディションで、女の容姿を識別する意識が変化する。

たとえ相手が自分の奥さんでも。

すぐさま抱きよせ、熱い抱擁を交わし、密なる口づけをしたくなっているのだから……。

宗佑と宏美が巡りあったのは、おおよそ四年半前、新宿にあるスポーツジムだった。瑠璃色《るりいろ》のレオタード姿が、長身の彼女の姿を、一段と際立たせていた。女体の凹凸をくっきり浮き彫りにして。

臀部《でんぶ》の曲線、すらりとした太腿《ふともも》の丸みは一級品で、一目惚《ひとめぼ》れした。

宗佑はチャンスをうかがった。狙《ねら》った獲物は逃がさない。再会する手段は、スポーツジムに通うしかない。彼女の名前も住所も、もちろん携帯番号も知らなかったからだ。

宗佑は連日の如《ごと》く、ジムに通った。宗佑の努力が実ったのは、それから十日ほどの後《のち》だった。早々にトレーニングを切りあげて、宗佑はジムの出口で待ち受けた。

まわりくどい麗句で誘う技術を、あいにくと宗佑は持ち合わせていなかった。ジムの更衣室から出てきた彼女に、率直に声をかけた。

「喉が渇いているんです。冷たいビールを呑《の》みに行きませんか。トレーニングをしたあとのビールの味は、また格別でしょう」

彼女の目元に、驚きの戸惑いが浮いた。いきなり声をかけられ、さて、どうしようか、と。なにしろ、そのときまで、彼女とひと言も言葉を交わしたことはなかったのだ。

が、彼女のためらいは一瞬だった。

「ご馳走《ちそう》してくださるんですね。わたし、こう見えても、お酒に強いほうなんですよ」

にっこり微笑《ほほえ》んだ彼女の頬《ほお》に、愛らしい笑窪《えくぼ》が浮いた。

口説き落として結婚にこぎつけるまで、わずか四カ月の超スピードだった。

が、甘い蜜月《みつげつ》に終止符を打ったのも早かった。たった一年ほど。

「このまま定食屋さんの女将《おかみ》さんでおばあさんになってしまうのは、ちょっと寂しいんです。決して、あなたが嫌いになったわけじゃないのよ。でも、わたしはまだ二十九歳でしょう。もう少しの時間、女の夢を追いかける人生を送ってみたいんです」

かなり唐突な三行半の去り状を目の前に突き出され、宗佑は決断した。

泣き言は言いたくない。男は潔しを旨《むね》として、突き進むべきである。が、振られ方にも男の面子《めんつ》がある。

「それじゃ、別居結婚ということにしようか」

宗佑は提案した。

「別居……、結婚?」

「うん。婚姻届はそのままにして、住む場所を別にする。そして二人は誓約する」

「どんな?」

「お互い、恋愛は自由、財布は別々。その代わり、会いたくなったら遠慮なく連絡を取りあって、一夜を共にする。今、急に、宏美のすべてを忘れるのは、おれも辛《つら》いからな」

「ということは、ときどき会って、わたしを抱いてくださるということ?」

「そのとおり」

「でも、恋愛は自由なんでしょう。前の夜、ほかの男性と愛しあっていたとしても、純粋な気持ちでわたしに会ってくださるのかしら」

「そのほうが刺激的かもしれない」

宏美は満足そうな表情を浮かべ、即座に応諾した。

正しい誓約書を書面で交わしたわけではない。

が、それから二日後、宏美は必要な身のまわり品をまとめて家を出ていった。

とりあえず阿佐ヶ谷《あさがや》の実家で暮らします、と言い置いて。

別居結婚を始めて三年ほど経過する。

その間、どこか新鮮なる心のときめきを感じる逢瀬《おうせ》が、何度あったのか、まるで覚えていない。しかし、互いの肉体を求めるタイミングが奇妙に合致した。

場所はさまざま。

お互いの時間が許すときは、静かな温泉宿に直行したこともあるし、ラブホテルも愛用した。が、そのほとんどは宗佑の自宅だった。事が終わったあと、宏美はときどき、今夜は帰りますと、トンボ帰りすることもあったからだ。欲望が満たされると、さっさと衣服をまとい、強い引き潮の如く去っていく彼女の後ろ姿に、情愛の余韻に浸るまどろみなど、かけらもなかった。

そんな姿を、宗佑は好ましく見守った。

負け惜しみではなく、おれも独り寝のほうが熟睡できるんだよ、と。

そして今夜の逢瀬も、宗佑の自宅だった。

そうだ！　急に思い出して宗佑はソファを立って、リビングルームのキャビネットに歩いた。一通の封筒を持って宗佑はソファに戻った。二人の太腿がこすれ合うほど、密着して、だ。

別居女房殿の温かみが、ほんのりと伝わってきた。

「これを見てくれないか」

ひと言口にして宗佑は、宏美の前に封筒を差し出した。

小首を傾《かし》げた宏美の視線が、封筒と宗佑の顔を何度か見比べる。

至近距離で見つめあうと、赤い唇がますます色っぽく映ってくる。少し熱をこもらせているような。

「なあに、このお手紙？」

「おれもわからないんだ。差出人の名前もないしな」

「きれいな文字ね。これって、筆ペンかしら」

言いながら宏美は封筒を裏返した。真っ白。

やっと宏美は封筒を開け、一枚の便箋《びんせん》を取り出した。

見飽きるほど眺めた字面《じづら》であるから、たった一行認《したた》められた俳句らしい文字を、改めて見なおすこともない。

『背徳や少し深めの夏ぼうし　爛子』

便箋にはそう書き記されていた。挨拶《あいさつ》文など、一文字もない。

「これって、俳句でしょう」

疑問を投げて宏美は、前髪をすき上げた。

「そうだろうな」

「あなたはまだ、句会をやっていらっしゃるの？」

「うん、亡くなった祖父と親父《おやじ》の趣味を、我慢強く引きついでいるんだよ」

「だったら、あなたの句会に参加されている誰《だれ》かが、思わせぶりの一句を詠んで、送ってきたのよ。爛子は、らんこと呼ぶはずですから、詠み人は女性ね。きっと、その方の俳号よ」

「そうだと思うんだけれど、おれが主催する句会で、爛子なる俳号を持っている女性はいなかった」

「句会の主催者が、変なことをおっしゃるのね。俳号なんて、一人でいくつ持っても自由なんでしょう」

そうだった……。嫁に諭され宗佑は、やむなくこくんとうなずいた。

俳句の世界で背徳とは、浮気、不倫を意味する。夏ぼうしは季語になっているが、俳句を郵送してきた人物が誰であれ、内容が意味深すぎる。

それとも、この人物は、浮気、不倫を犯した罪過《ざいか》を、今になってあがなっているのか。それとも、これから爛《ただ》れた罪を犯したいという願望をいだいているのか、その択一が容易に判断できないのだ。

うんっ！　ひょっとするとこの人物は、『龍念寺《りゅうねんじ》』で出会った女なのかもしれない。ぼんやりと浮かんだ。龍念寺で開かれる句会の状況が……。

せっかく手に入れた恋女房に、このまま定食屋の女将さんでおばあさんになってしまうのは、寂しいんです。そう決めつけられた定食屋とは、宗佑が父親から譲りうけた大衆食堂で、古びた暖簾《のれん》には『浅間亭《あさまてい》』と染められている。

ＪＲの駒込《こまごめ》駅に隣接する商店街の一角に構える店は、昭和の初期に開店した。一代目の店主は宗佑の祖父、祐太《ゆうた》である。もちろん、その当時、駒込駅周辺は今のような賑《にぎ》わいはなく、田畑が広がっていたらしい。

食堂を浅間亭と名付けた理由は、祖父の誕生した場所が長野県の清里《きよさと》で、晴れた日には、白い噴煙を上げるその勇壮なる名山が、祖父の脳裏に焼きついて離れなかったせいだ、とか。

店は繁盛した。卵三個を使った巨大オムライスはその当時からの人気商品で、父親の祐一郎《ゆういちろう》は、人気のオムライスに二百五十グラムの新鮮豚肉を揚げたトンカツ定食と、大盛りカツ丼の三品をメインメニューにして、近隣の人気食堂に仕立てあげた。

が、一流モデルと偽っても遜色《そんしょく》のない宏美にとって、大食いを売り物にする大衆食堂は、どうしても馴染《なじ》まなかった。大盛りのカツ丼よりイタリアン風のパスタ料理を好んだし、アルコール類も日本酒よりワイン派だった。

その上、祖父の時代から俳句をたしなんでいた昔気質《むかしかたぎ》の米倉家の家風が、肌に合わなかったらしい。

たった十七文字で自分の気持ちを表わすなんて、わたしにはとても無理ですと、月に二度、三度と開かれる句会に、顔を出すこともなかった。

わずか一年でも、わたしは米倉宗佑の嫁ですと宏美が我慢しつづけたのは、ただひとつ、三日と空けずまぐわった二人の肌合いに、絶ちがたい情愛がこめられていたからかもしれない。

しかし二人は気づいた。

お互いの肉体が強く要求した時間だけ、果てしのない肉欲に溺《おぼ》れ、交わればいいじゃないか、と。

「今、ふいと思いついたんだ」

宏美に語りかけた宗佑の左手は、無意識に伸びて、宏美の肩を抱きこんだ。女体のぬくもりがさらに熱して、宗佑の脇腹《わきばら》を温めた。

「なにを……？」

言葉を返して宏美は、笑窪の浮く頬を、そっと宗佑の肩口に埋《うず》めた。女体の温かさは、ほんのりとした甘い香りを道連れにして、宗佑の顔面を覆った。

「宏美は覚えているだろう、ほら、埼玉県の川越にある『龍念寺』を。米倉家の菩提寺《ぼだいじ》のことさ」

「ええ、はい、何度かお参りさせていただきました」

あっ、そうだった。菩提寺参りも、宏美にとっては苦痛だったのかもしれない。この奥さんは、敬虔《けいけん》なるクリスチャンだったのだから。

肉体関係以外はまるで反りの合わなかった男女が、一年も同居していたこと自体、珍しい。

「あの寺の住職は、早崎頌栄《はやさきしょうえい》和尚と名乗って、わりといかめしいんだけれど、俳句の趣味があったんだ」

「まあ、それは知りませんでした」

ふいと顔を上げてきた宏美の瞳《ひとみ》が、心なしか潤んでいるように見えた。つまらない俳句の話などいい加減に切りあげて、お風呂《ふろ》に入りましょうよと、訴えているような。

「おれもときどき顔を出して、勉強させてもらっているんだ。住職は俳人協会の会員で、句会に参加する趣味人は女性が多い」

「あらっ、それじゃ、きれいな女性に魅《ひ》かれて、句会に参加していたんですね。あなたらしいわ」

図星を指された感もあって、宗佑は頭を掻《か》いた。が、きれいな女性の参加はたまで、そのほとんどは五十代の半ばをすぎる、熟れすぎ女性だった。

俳句の世界には大別して、三つの団体がある。伝統俳句協会、現代俳句協会、俳人協会。

国内における俳句を趣味とする人口は、百五十万人とも二百万人とも言われる。欧米にも俳句人口は広がっているから、日本の伝統文化は世界遺産のひとつになろうとしている。

なにしろお金がかからない。大金を必要とするゴルフなどに比べたら、ただ同然なのだ。紙と鉛筆があれば事足りる。

宗佑の祖父である祐太が、俳句にのめり込んでいった原因は、たまたま料理の本を探しに、神田《かんだ》の書店に入ったとき、高浜虚子《たかはまきょし》の冊子に目がいって、購読したことに始まった。祐太は心酔した。高浜虚子は明治、大正、昭和の時代に、その名を馳《は》せた俳人である。

虚子は花鳥風月を好んで詠んだ。

祖父がなにゆえ、そこまで虚子に心酔したのか、定かでない。が、虚子の詠んだ、『足もとに春の寒さの残りをり』の名句を書家に依頼し、掛け軸として認めてもらい、自宅の床の間に飾って家宝としたほどだから、その熱の入れようも察しがつく。

が、便箋に記されている句は、明らかに人間の生き様を詠っている。俳人協会の作風だ。

したがって、謎《なぞ》の封書を送ってきた人物は、

（おれの主催する句会に参加する女じゃないな）

宗佑の推理はそこに行きついた。

早崎和尚は俳人協会に属していた。

が、いつまでも犯人探しをしていては、貴重な時間が削《そ》がれていく。事が終わると宏美は、そそくさと部屋を出ていくこともあるからだ。

「もう少しビールを呑むか、それとも風呂に入るか……、いや、ベッドに直行するか、宏美はどれをチョイスする？」

宗佑は意地悪く聞いた。

宏美の指がさりげなく伸びた。そして宗佑の太腿の付け根を、いたずらっぽくつまんだ。

「ねえ、聞いて」

急に甘えた口調になって宏美は、さらに軀《からだ》を密着させた。

「これからラブホテルに行ってもいいんだよ」

「違うの。あのね、わたし、二日前の夜、若い男の子とデートしたのよ」

二人の関係において、宏美がほかの男に抱かれたことを、人妻の浮気とか不倫と形容してよいのかどうか、よくわからない。が、少なくとも、宏美の口から堂々と、ほかの男との交わりを告げてきたことは、一度もなかった。

なるほど！　宗佑は一人で合点した。口紅が赤くなったのも、髪にリボンを巻いているのも、若い男と同衾《どうきん》したせいであろう、と。

「それは、悋気《のろけ》か」

宗佑は負けずに問いかえした。

「悋気じゃなくて、自慢話……、ううん、違うわね、貴重な経験談かしら。だってその子は、十九歳の学生さんだったのよ」

ふーん、歳《とし》の差は十五。その男が学生だったら、熟年期に到達している宏美は、おもちゃにしたに違いない。

「どこで見つけたんだ？」

「事務所よ。アルバイトで働いていた子」

宏美が言った事務所とは、女子大を卒業してすぐに就職した税理士事務所のことで、六本木《ろっぽんぎ》に聳《そび》えるテナントビルにオフィスを構えていた。宏美は勤めはじめて十二年目を迎え、所長の信頼も厚く、事務所内ではどうやら女ボス的存在になっているらしい。

「社内恋愛というところだな」

「大学ではね、柔道をやっているんですって。惜しいところでオリンピックには出ることができなかったと、悔しそうだったのよ。わたし、彼を慰めてあげるつもりで、お食事に誘ってあげたの」

「喜んでついてきたのか」

「あのね、アルバイトに来たときから、わたしのこと、大好きでしたって、赤い顔をして白状したわ」

「そうすると、たらふく食わせて、ホテルに連れこんだ……」

十九歳の坊やにとって、美しい人妻の肉体は、目の虜《とりこ》になっていたのだろう。

大好きですと告白した裏には、九十パーセント以上の肉欲が秘められていたに違いない。それほど宏美の肉体は完成されていた。

「ものすごく立派な体格をしていたわ。身長は一メートル八十一センチで、体重は七十八キロですって。おもしろいわね、七十八キロ以上になってはいけないから、いつも体重には気をつけていますって、力みかえっていたの」

「柔道は体重制限があるからな。それで、ホテルに入ってどうした?」

「聞きたい……?」

「ちょっと気になるな。興味があるというのか。おれの奥さんをいい気持ちにさせた男なんだから」

「いやな人、あなたって。別居していても、わたしたちはまだ夫婦でしょう。奥さんの浮気話に興味があるなんて、ねっ、もう、わたしのこと、愛していないんでしょう」

「とんでもない。大好きだよ、愛している」

口から出まかせではない。

論より証拠と宗佑は、余っていた右手を伸ばして、スカートの裾《すそ》から忍ばせた。ストッキングを穿《は》いていない太腿に、手のひらが吸いついた。すべすべ、つやつや。このなめらかな肌ざわりは、恋愛時代とまるで変わっていない。

いやーん！　黄色い声をあげた宏美は、大げさに腰をくねらせた。が、もちろん、本気で拒んでいるわけではない。本番に入る前のいつものルーティンなのだ。

「わたしが、若い学生さんに抱かれたばかりでも？」

「若かろうが、年寄りだろうが、おれ以外の男とたわむれたあとは、一段ときれいになって、おれを昂奮《こうふん》させてくれる」

宏美の耳元に熱っぽくささやきながら宗佑は、太腿の奥に向かって指先をすべらせた。奥まっていくにつれ、体温が高くなっていく。しっとりとした湿り気をまじえながら、だ。

宏美の両手が宗佑の脇腹に巻きついた。ひしっと抱きくるめるように。

「一緒に、お風呂に入ったのよ」

「お互い、身ぎれいにするのがエチケットだろう。学生君の裸を、よーく観察しておいたほうが、いいに決まっている。もしも危なっかしい疾患をかかえていたら、おれの宏美の軀に被害が及ぶ」

「そ、そうなの。でもね、ほんとうに逞《たくま》しい体型だったのよ。胸まわりも頑丈そうで、太腿は丸たん棒だったんです。それにね、胸毛とか脛毛《すねげ》が、ちょっと猥《いや》らしく生えていて、お色気たっぷりだったわ。体育会系の学生さんは、やっぱり体格が違うの」

「あそこの毛は……？」

「もじゃもじゃ。真っ黒だった。その上、わたしがお洋服を脱いだら、ああん、そこのお肉が、見る見るうちにそそり勃《た》ったんです。まだ、あまり使っていないのかしら、わりときれいで、薄い皮膚に包まれた先端が、大きかったの。びっくりするほど」

言わせておけば、女の恥じらいなどまるでない。

得意気なのだ。

恋愛は自由であると許容していたが、その惚気ぶりに、際限がない。ちょいと懲らしめてやらなければならない。太腿の途中まで侵入していた指を、すすっと押しすすめた。

薄い布切れに当たった。

股間《こかん》にぴったり張りついている薄布の脇から、やや強引に指先をすべり込ませる。おれの嫁殿の多淫性は、この薄っぺらな布の内側に埋もれている秘なる肉に起因しているに違いないと、以前から目をつけていた。

今夜は確証をつかんでやる。少々、痛い目に合わせてやると、まさぐった。

次の瞬間、宗佑は、ああっ！　と声を荒らげた。

ない！　ないのだ。

指先の触覚が麻痺《まひ》したのではない。ゆるやかな肉の弧を描く恥丘に、生えているべきヘアが、きれいさっぱりと消えうせていたのだ。三週間前は、確かに生えていた。逆三角形に茂るヘアは、多毛のほうで密生していた。

いくらか縮れた毛並みの猥らしさは、男の欲望をそそってきたものだ。

「おいっ、どうしたんだ?」

詰問口調になった宗佑は、まるで割りきれない気分になって、無毛の丘を撫《な》でまわした。

「怒っているんですか」

いくらか顔を伏せて、宏美はさも不満そうに言った。

恋愛は自由であると放任したが、大事なヘアを剃《そ》り落とすことは条件に入っていなかった。

「怒っているんじゃない。おれはね、宏美のヘアの隙間《すきま》から、ふんわりと立ちのぼってくる、その、なんだ……、少し甘酸っぱい匂《にお》いを嗅《か》ぐと、その下側に埋もれている肉の味はどうなっているのかと、昂奮を焚《た》きつけられたんだ。丸坊主じゃ、匂いもしてこないだろう」

「ごめんなさい。でもね、男性もいろんな人がいて、まだわたしの軀の準備が整っていないのに、無理やり押しこんでくる、せっかちな人もいるのよ。そうすると、ねっ、毛切れするの。ものすごく痛いんです。お風呂に入ったときなんか、お湯が沁《し》みて、ひりひりして」

どんどん許せなくなってくる。言いたい放題、やりたい放題だ。だいいち、説明が生々しすぎる。毛切れするなんて。

どこの肉が毛切れするのか、具体的な場所を聞かなくても、充分察しがつく。

「ちょっと患部を見せなさい。剃ったのか、それとも抜いたのか。その処置は、誰がやったんだね」

厳しく問いつめた宗佑は、肩で息をした。

「誰がやったって、それは、整形外科のお医者さんよ。専門のお医者さんもいらっしゃるんです。あなたにお願いするわけにはいかないでしょう」

「ごちゃごちゃ言わないで、ともかく見せなさい。丸坊主になったらしい、ところを、だ」

「ここで……？」

「どれほど無残な姿になっているのか、自分の目でしっかり確かめておきたいからな」

「あのね……」

急にしおらしい声になった宏美は、乱れたスカートの裾をつまんで、うつむいた。

「恥ずかしいのか。宏美らしくないな。いつもは素っ裸になって飛びついてきたり、今日は後ろから来て、なんて言って、お臀《しり》を突き上げて、四《よ》つん這《ば》いになっていただろうに」

「そうじゃないの。だって、学生さんに抱かれたのは二日前の夜よ。それにね、いろいろあって、彼はひと晩で、四回も挑んできたんです。わたしの軀……、ううん、わたしの軀の、いろいろなところには、彼の匂いが残っているかもしれない。だって、四回も、ですもの。彼は十九歳の若さでしょう、四回目でも、それはいっぱい出して、わたし、ゲップが出そうになったんです」

うーん、ますますいまいましい。なんのかんのと言いながら、ひと晩で四回も交わったことを自慢しているように聞こえてくるからだ。

「いろいろあったとは、どういうことだ？」

聞きのがしてはならない重要問題だった。

「聞きたいんですか」

「もちろん。詳しく説明しなさい」

「あのね、最初にお風呂に入ったでしょう。びっくりしたわ。あそこのお肉が……、だから男性器が痛そうなほど腫《は》れて、揺れながら勃ちあがったんです、びくびくっと」

「十九歳の若い男でなくても、宏美の裸を目にしたら、猛然と直立するのは当たり前だ」

「それでね、かわいそうになって、わたし、あの、お口をつけてあげました」

「おいっ、それはフェラチオのことか」

「そうよ。でも、正しいフェラまでいっていなかったわ」

「なんだ、その正しいフェラとは？」

「だから、舌で舐《な》めてあげただけ。そのときはもう、お肉の先っぽから、びっくりするほどいっぱい、男性のお汁《つゆ》を滲《にじ》ませていました」

「すると、舐めとってやったのか」

「それがね、お口に含んであげる前に、あの子ったら、びゅっと噴き出して、わたしのお顔を直撃してきたんです」

話の内容が度をすぎると、無反応になってくる。いちいちびっくりしたり、驚かなくなってくるのだ。

まるで、他人の見世物事のように。

が、そのときの状況が、鮮やかに描かれた。顔だけではなく、髪の毛にも飛び散っただろうし、ピンクに色づいた乳首のまわりも、白濁した体液がまみれたはずだ。

極彩色の危絵《あぶなえ》を目の当たりにしたような、錯覚に陥った。

「口に飛びかかってきた体液は、どうしたんだ？　飲んでやったのか」

宗佑は問いつめた。

「だって、しょうがないでしょう。ぺっと、吐き出したら、彼がかわいそうよ」

致し方ない。その危ない事象が勃発《ぼっぱつ》したのは二日前で、宏美の健康体から察すると、すでに完全消化済みだろうから。

彼女の胃袋に、学生君の残滓《ざんし》は一ミリグラムも残っていないはずだ。

「そうすると一発目が空中に飛び散ったとすると、二発目から、どうしたんだ？　いろいろあったそうだけれど」

「彼は慣れていなかったのね。二度目はわたしの真上から覆いかぶさってきて、それでね、棒筒《ぼうづつ》のお肉の先っぽで、入り口を探したんです。わたしのおっぱいをいじったり、舐めたりしながら。でも、ものすごく昂奮していたみたい。ホテルのお部屋の空調は完璧《かんぺき》だったのに、お顔が汗まみれだった」

「それでも、女の軀を愛撫《あいぶ》する行為は忘れなかったんだ」

「でもね、入ってこないうちに、また、びゅっと噴き出して、わたしのお腹に、白い水溜まりを作ったわ」

「ふーん、情けない奴だな」

「三十分くらい休んだら、彼はまた挑戦してきたんです。今度こそ最後までやり遂げますなんて、大真面目《おおまじめ》で言いながら」

「無事、挿入されたのか」

「頭だけ」

「しかし、二度も三度も、よく出したな。目的地に到達する前に、さ」

「彼は焦りはじめたの。なかなか入らないでしょう。それでね、四回目になったとき、わたし、彼を仰向けに寝かせて、上になってあげました。なにもしなくてもいいのよ、あわてちゃいけませんと、諭してあげながら」

「宏美も優しいところがあるんだ」

「四回目でやっと、一番奥まで入ってきたんです。びっくりしたわ、彼の長さとか太さ、固さが尋常じゃなくて。それでもね、そう、六、七回だったかしら、腰を動かしてあげたら、あっという間に、ジ・エンドよ。わたし、疲れきって、さすがに五回目の努力はできなかった」

「当たり前だろう。時間がどのくらいかかったのか知らないが、ひと晩で五回も六回もやったら、心臓が爆発してしまう。そういう発作を、腹上死と言う。宏美が上になっていたんだろう。女でも危ない」

無毛の丘になった淫部をきっちり点検してやろうと息巻いていた気分が、萎《な》えていた。話を聞いているだけで、ややあきれ、疲れてしまったからだ。

すっかり力が抜けてしまった上体を、胸板に預けてきた宏美の背中を抱きくるんでやった。少なからず、哀れをもよおして。

必死の努力は水泡に帰したのだ。

「でもね、わたし、二日前の夜からずっと、ものすごい欲求不満なの。だって、わたしの軀は、全然満たされていなかったんですもの」

恨めしそうに見あげてきた宏美の眼差《まなざ》しが、かわいらしい。

外でいたずらばかりやっていた幼女が、父親に甘えているようなしぐさに見える。ほとんど悪気はない。

これは一種の、宏美の得意技、悪意のない人間性である。

「それで今夜は、安心できる亭主の家に舞いもどってきたのか。宏美の話を聞いていると、浮気の快楽には、とても辿《たど》りついていないな」

「そうなの。ほかの奥さんたちのことは知らないわよ。どんなに逞しい軀の男性でも、どんなに立派な肉体を持った男性でも、わたしの軀に合わない人は、わたしを癒《いや》してくれないことを、少しわかったみたい」

「宏美の軀を、根こそぎ快楽の世界に誘《いざな》ってやれる男は、どうやら、おれしかいないみたいだな」

「ねっ、少しくらい若い学生さんの匂いが残っていても、我慢してくれるでしょう。今のわたしは、いらいらがつのってくるだけで、下半身が落ちついてくれないんです。昨日の夜だって、お股《また》の奥のほうがうずうずして、全然眠れなかった。自分のお指を使うなんて、もっと惨めになるんですもの」

「よし、わかった。かわいらしい奥さんに、今夜は徹底的に奉仕してあげよう。浮気の努力が報われなかったのは、かわいそうだ」

自然と口から出た自分の言葉が、もしかしたら、人間の常識、常軌を逸しているのかもしれないと考えつつ宗佑は、愛する嫁が着ているブラウスのボタンを、ひとつずつはずしはじめた。

亭主の指の動きに目を落として、成されるがまま。

こんな夫婦があってもいいじゃないか。浮気をしてきた妻をいたわってやるなんて、普通の神経ではできっこない……。宗佑は自分に言いきかせた。

すべてのボタンがはずれたブラウスの前が、大きく開いた。

「いくらか、乳房が大きくなったみたいだな」

ブラウスの袖を手首から抜きながら、聞いた。

「張っているみたい。だって不満だらけだったでしょう。誰かに、優しく愛撫してほしいと思っていたら、乳首は尖《とが》ってくるし、おっぱいが張ってくるの」

昂《たか》ぶりが増幅してくると、宏美の乳首は固く尖って、赤く染まってきたものだ。

宗佑の手は妙に焦った。自分の嫁のブラジャーをはずしているだけ、なのに。

ふたつのカップを、手荒に剝《は》ぎとった。

窮屈から開放された乳房が、ゆらりと浮きあがったように見えた。確かに！　膨張した乳首は、熟したサクランボ色を鮮やかにして、ぴくりと尖っていた。

うーん、けしからん！　急に宗佑は怒りを爆発させた。十九歳の若者が、これほど美しく、悩ましい乳房に、男の体液を噴きかけたとは！　よく考えてみると、夫たる自分でも、そんな暴挙に及んだことはない。

欲望が噴火した。

ブラジャーを剝ぎとった手が、時間をおかず、スカートのファスナーにかかった。引き下げる。

「ああん、どうしたんですか。やっぱり怒っているのね。それともヤキモチを妬《や》いているとか？　あなたらしくないわ」

そんなことを言いながらも宏美は、臀を浮かした。脱がされることに協力してくるのだ。一秒でも早く、わたしの欲求不満を解消してくださいとでも、言いたげに。

ふーん。ずいぶん布を倹約したパンツだ。

両足を投げ出して宏美は、宗佑の太腿に上体を預けてきた。太腿の付け根から足首までの長さ、肉の丸みは一級品である。外でどのような不倫、浮気を犯しているのか、そんなことは知らない。

が、女体の悩ましさ、しなやかさは、四年半前、スポーツジムで巡りあったときと寸分変わりない。ゆらりと横たわっているのに、ウエストのくびれは、小気味よく引きしまっているし。

が、シースルっぽい超薄手の白いパンツの中心点に目がいって、宗佑は落胆した。ゆるやかな盛りあがりを描く恥丘に、黒い翳《かげ》がない。さまざまな色あいのパンツに、黒い翳の浮く卑猥《ひわい》さに、宗佑は男の欲望をそそられた。別居生活を入れて、これまでの四年ほど、大げさな表現ではなく、宗佑はその黒い翳を愛惜《あいせき》した。

（生来の無毛ではない。また生えてくるはずだ）

期待をいだいたとき、ずいぶん以前、宏美の裸身を見守りながら、一句浮かんだことを思い出した。

『海鳴りのやうな快楽《けらく》や秋灯《あきともし》』

自分にとって宏美の、その部分は、海鳴りのような勢いで男の快楽を増幅させてきたものだ。

が、肝心の黒い翳が、跡形もなく消えうせている。

「ああん、どうしたんですか。手が止まっています」

宏美は甘え声で言った。最後の一枚を早く脱がせてくださいと訴えているらしいが、現実は無残すぎる。

「宏美のヘアが元どおりになるまで、会うのはやめようか」

「えっ、やめる……？」

「宏美がかわいそうなんだよ。整形外科の医者の手をわずらわせるほど努力したのに、結果は報われなかった。医者に診《み》られて、少しくらい恥ずかしかっただろう。前のほうを治療されるときはまだしも、中のほうを施術されるときは、太腿を思いっきり開かされたんだろうから、女にとっては、恥辱以外のなにものでもない。その医者に好意をいだいていたんだったら、救われたかもしれないが」

宗佑の太腿の上に半身を預けていた宏美の半裸が、いきなり、くるっと反転した。ほどよい膨らみを描く臀の割れ目に、強く食いこんでいる紐《ひも》状の布が、すっかり萎えていた宗佑の気分を、ぞくりと回復させた。

以前から、Tバックのよく似合う臀の膨らみだった。

大きくもなく、小さくもなく。深い割れ目の奥に吸いこまれていく細い布は、何度見ても、その先の形状を逞しく想像させてくれたものだ。とくに別居生活を始めてから、なおさらその欲求は強くなった。

あっ、なにをするんだ！　いきなり軀を反転させて伸びてきた宏美の指の、それは忙《せわ》しのない動きに、宗佑は声を荒らげて、腰を引いた。

ズボンのファスナーを引きおろそうとする。

「わたしの好きにさせて。いいでしょう。今夜は……、あのね、あなたに初めて抱かれた夜の気持ちなの。四年も前よ。あの日、わたしの胸は張り裂けそうなほど昂ぶっていたわ。今も同じよ。ねっ、どうして？　二日前のことを、全部、お話したせいかしら」

あーあっ……。あっという間にズボンの前が開いた。

つい今まで、ほとんど無反応だった男の肉が、ぐぐっとトランクスを突き上げた。真上にかぶさってきた宏美の荒い息づかいが、トランクスを素通しにして生温かく吹きかかってきたせいもある。

「風呂に入ろうか。少し汗臭いかもしれないし」

これから宏美がなにをしようとするのか、宗佑はすぐさま察した。

「いや、お風呂なんか入りません。あなたの香りが消えてしまいます。ねっ、ズボンもパンツも脱いで」

自分の意思を主張しはじめたら、テコでも曲げない強情さを秘めていた。無理やり押しとどめると、不機嫌になる。

しょうがない。この女性は、無二に愛するおれの嫁さんだった。

あきらめて宗佑は、尻《しり》を浮かして二枚の衣類を足首から抜き取った。

はっとしたように宏美は、顔をそらした。

弾《はじ》けるが如く、そそり勃ったからだ。

十九歳の学生柔道家の男の肉が、どれほど頑丈だったのか、そんなことは知らない。が、自分の肉も、十人並み以上の容量を有しているし、決して醜い形ではないと、自負している。

とくに、濁りのない朱に染まった笠《かさ》の張りようは、見事であると自分を褒めてやっていた。

「この前、あなたと会ったのは、三週間くらい前だったでしょう。でもね、もう一年以上も会っていなかったような気になっているの。ものすごく懐かしくて」

「ほかの男とのデートが忙しかったからだろう。おれのことなんか、ほとんど忘れていたんだ」

「そうかもしれない」

しれっと答えられて、返す言葉もない。

やっていることは恐ろしいのだが、まるで反省の色がない。

「しかし、急に会いたくなって帰ってきたんだから、おれもうれしいよ」

「あのね、あなたの匂いは素敵よ。わたしの軀を正常に戻してくれるのね」

棒状に勃ちあがった肉の先端に、宏美は鼻先を近づけた。

情けない奴だ。宗佑は一人で己を叱《しか》った。数滴滲んできた先漏れの粘液が、赤く腫れた筒先を濡らしはじめていたからだ。浮気をしてきた奥さんを目の前にしているのに、男の涙を流しているのだ。

亭主としての威厳が、まるでない。

「匂いだけがいいのか？」

やや不貞腐れて宗佑は、反撃の口火を切ったのだが、

「ううん、お味も……」

あっさり切りかえされた。

「おれは学生君ほど簡単な男じゃないよ。舐めたくらいで粗相することはない」

目尻をゆがめた宏美の顔が、向きあがった。

「わたし、少しわかってきたみたい」

「なにを?」

「あのね、今は別居しているでしょう。自由にさせてもらっています。食欲も性欲も。それでね、ほかの男性に抱かれたあと、あなたに会いにくるでしょう。そのたび、素敵なあなたを再発見するみたいで」

「今夜は、ずいぶん殊勝なことを言うじゃないか」

「だって、ほんとうのことですから、正直にお話しているの。ほら、こうして握るでしょう。そうするとわたしの指を、びくびくと押しかえしてくるんです。このお肉は内側のほうで、力強く脈を打っているのね。この震動が……、ああん、ねっ、わたしの大事なお肉に、びびっと伝わってきて、しっとり濡れはじめるの。だから、あなたに抱かれるときは、いつも準備が整っていて、そうよ、あなただけだったら、ヘアを始末しなくてもよかったの」

あっ、そんなに無茶をするな!

大きな声を出しかけた。

宏美の口が目いっぱい開いて、真上からぐぶりと含んできたからだ。事を始める前に、優しく舐めるなんていう助走はない。いきなりのテイクオフだ。喉の奥まで飲みこんで。宏美の口は奥行きが深い。最大膨張時は、その長さが二十センチ前後になると見積もっていたが、ほぼ根元まで没した。

思わず宗佑は宏美の頭を両手で挟んだ。

いつの間にかブルーのリボンははずれていたし、頭皮が生温かく湿っていた。

うっ、うっ……。喘《あえ》ぎ声をもらしながら宏美は、口を上下する。口に溜めておけない唾《つば》が、唇の端からこぼれてきて、もじゃつく黒い毛に染みていく。

筒先がなにかに当たる。

喉の奥を小突いているのだ。苦しそうだ。ずいぶん窮屈そうな姿勢で、宏美は顔を上げた。男の肉をくわえたままだ。

「苦しかったら、やめたほうがいい」

いたわりの声をかけてやる。宏美は前髪を振り乱して、顔を振った。

「あのね、いつまでもつづけていると、口の中に噴き出してしまうぞ」

脅かした。

宏美の目が、それは満足そうに、にっこり微笑んだ。そして、うなずいた。いつでも出してくださいという、黙認の合図だ。最近は黙食なる奇妙な造語が街に氾濫《はんらん》しているが、黙飲みはいじらしくて、セクシーだ。

が、そうはいかない。十代の学生君のように、一夜で四度も五度も放出するエネルギーは、あいにくと持ち合わせていない。が、一回だけの放出で、女性を満足させる技術、忍耐力は秘めている。

「さあ、おれを裏切ったヘアの始末が、どうなっているのか、ゆっくり見せてもらおうか」

言って宗佑は、無理やり腰を引いた。

宏美の唾液《だえき》にまみれた男の肉が、ずぼっと音を立て、口から離れた。

昂ぶりを抑えられないらしい宏美の唾は、かなりの高温を発しているようで、びゅんと弾けあがった男の肉から、ほやほやと白い湯気が立ちのぼった。

「ねっ、怒らないでください、わたしがパンティを脱いでも。ちょっと怖いの、あなたの目が」

「宏美の股間が、龍念寺の早崎和尚の頭みたいにつるつる、てらてらになっていたら、こんなにでかくなった肉の棒が、びっくりして、がっかりして、へなへなっと崩れ落ちるかもしれない」

「いいわ、もし小さくなったら、わたし、今までの経験を最大限に生かして、大きくしてあげます」

自信たっぷりで励まされ、つなぐ言葉が出てこない。

「宏美はそんなに経験豊富なのか」

「デイケアもしてあげるのよ」

「なに！　デイケア……？」

「この前はね、八十歳になったおじいさんを、元気にしてあげました」

ぎょぎょっ！　八十歳のじい様を相手に、なにをやらかしたのだ？　宗佑はまじまじと己の嫁の、わりと得意そうな顔を、見なおした。

やはり反省の色は、かけらもない。さて、これから本番に突入しようかと気張った瞬間、宏美の話はまた、大きく曲折した。

「なにをしてあげたんだ、そのじい様に」

「そのおじいさんはね、死ぬ前に、もう一度、若くて美しい女性の素肌にふれたいと、おっしゃって」

聞き捨てならない。トイレの世話をしたり風呂に入れてあげるなどの、一般的な仕事ではなさそうだ。宏美の言葉尻から察すると、ある意味、デリヘル嬢的サービスを依頼してきたらしい。

「それで、どんなもてなしをしてあげたんだね」

「女性の肌をさわりたかったんです、って。手とか、足じゃないわね。深く考えることじゃないわ。やっぱり、おっぱいとか、それからお臀とか、でしょう」

「うん、まあ、そういうことになるな」

「それでね、わたし言いました。おじいさんのお願いを聞いてあげるには、それなりの努力が必要です。わたしだけが恥ずかしい思いをしたら、わたしがかわいそうでしょう、って」

「そのとおりだ。八十歳のじい様では、肝心の括約筋が軟弱になっているだろうから、宏美がいくら踏んばっても、宏美の肉体を満足させることはとてもできそうもない」

腕を組んで宗佑は、うなずいてやった。

「でもね、そのおじいさんは立派だったわよ」

「ええっ！　まさか、じい様の男の肉が、立派に回復したということじゃないだろうな」

「違います。急に立ちあがっておじいさんは、簞笥《たんす》に歩いてお金を持ってきたの、ずいぶん分厚いお札の束を」

「なるほど、金銭で解決しようとしたんだ」

「おじいさんはわたしの前にお金を出して、ここに四十八万円ある。当面の生活費と考えて、三日前に銀行から五十万円を引き出してきた。二万円は使ってしまったが、残りの四十八万円を礼金として受け取ってほしい、と」

それは豪勢な。気風《きっぷ》がよろしい。

当節、デリヘル嬢をデリバリーしたときの料金は、二万円から三万円が相場である。が、そのじい様は四十八万円を差し出した。法外なる礼金だ。

「それで宏美は、応じてやったのか」

「だって、わたしのお給料は、手取りで二十七万円でしょう。おじいさんに、ちょっとだけおっぱいをさわらせてあげるだけで、お給料の二カ月分近いお金がもらえるんですもの、お断りする理由はなにもありません」

「金に目がくらんで、裸になってやったんだ」

「それだけじゃないわ。そのおじいさんは上品そうな方で、お気の毒になったの。奥さまはずいぶん前に亡くなって、お寂しそうでしたから」

「考えようによっては、老人介護の見本みたいなものだ」

「そうでしょう。それでね、わたし、ソファに座って、裸になってあげました。どこでもお好きなところをさわってください、って」

小舟を操り、巨大カジキを追う老漁師の、誇り高き姿を描いたヘミングウェイの『老人と海』の一節が、宗佑の脳裏によみがえった。老漁師は巨大魚を追って荒海に乗り出した。

宏美の柔肌を求めたじい様は、傘寿《さんじゅ》を迎えた御歳《おんとし》にもめげず、女性の肌の甘媚《かんび》を追ったのだ。

双方とも、歳老いた人間の煩悩《ぼんのう》でもある。

なにもせずに朽ち枯れていくより、美しいし、男の生き様らしい。

「そうしたら、おじいちゃんはさわってきたのか」

「礼儀正しい方だったわ。あのね、おじいさんもすぐに、お洋服を全部脱いで、わたしの前にお座りになりました」

「ええっ、素っ裸に……！」

「そう。八十歳は傘寿でしょう。でも、胸まわりとかお腹のお肉は、そんなに衰えていなかった。お肌にも、それなりに張りがあって。若いころは運動をなさっていたのね」

「しかし、男の肉が凜《りん》として勃ちあがっていたわけじゃないだろう」

「すっかり白くなったヘアに、埋もれていました」

「それでもじい様は、手を伸ばしてきた？」

「はい。太腿を撫でて、それから脇腹にまわって、おっぱいに」

四十八万円の大枚を叩《はた》いたのだから、乳房をさわるくらいは許される。

「舐めてきたんじゃないだろうな」

「ちょっとかわいそうになりました。だって、白い毛の中に埋もれているお肉は、全然、大きくなってこないんですもの。大きなお金を使ったんですから、少しくらい元気になってほしいと、わたしだって考えるでしょう」

「うん、宏美は優しい女性だからな」

「それでね、わたしは勇気を奮い起こしました」

「なんだ、その勇気とは?」

「おっぱいだけじゃ、発奮、昂奮の材料にならないかもしれないと考えて、あのね、両足の踵《かかと》をソファに乗せて、それから、太腿を大きく開いてあげました。そのときはまだ、ヘアの始末をしていなかったでしょう。でも、おじいさんの瞳が、ぎらぎらっと光ったんです」

そのときの状況が、かなり鮮明に想像された。

じい様の顔はきっと、宏美の股間に引きよせられた、のだろう。悩ましい女性の股間の奥を覗《のぞ》いたのは、かなり久しぶりだったはずだ。

事実、黒い毛に覆われた宏美の股奥《またおく》は、何度目にしても、淫猥《いんわい》、淫靡《いんび》の狭間《はざま》で、男の欲望をひどくそそってきたものだ。

「話を聞いているだけでは、実感が湧《わ》かないな。宏美、そのときと同じ恰好《かっこう》になってくれないか。おれもこの二週間ほど、女性の肌に接していないんだ。男のエキスが普段より溜まっていると、エキサイトしていく時間が短くなってくる」

「わたしのそこを、見たいんですか」

「うん、どんなことになっているのか知らないが、今はヘア無しで、剝《む》き身をさらしているんだろう」

「いやな人、剝き身だ、なんて。でもね、そのとおりよ。隠すものがなにもないんですもの、太腿を開いたら、さらしものになってしまいます」

股間の奥底に、ふたたび熱気がこもった。

男の肉の躍動が再開した。みるみるうちに、むきむきと。

「じい様と同じように、おれも裸になっているんだから、条件はセイムセイムだろう」

わけのわからない言葉を発して宗佑は、素っ裸の股間を迫《せ》りあげた。

あっ！　宏美が小声をあげた。彼女の視線の先は、もじゃつく黒い毛の中心点に。

「ねっ、おっきい。いつもより大きくなって」

宏美の声が震えた。

「傘寿を迎えたじい様と、同じにしないでくれ。今日のおれの軀は、むらむら気分が収まらなくて、やる気満々になっているんだ。なんたって、十九歳の学生さんと、八十歳になったおじいちゃんとの、組んず解《ほぐ》れつを、生々しく聞いたら、宏美の亭主として、対抗心が燃えさかってくる。負けちゃいられない、とね」

「いやな人、組んず解れつ……、だ、なんて。おじいさんとは静かな交わりだったんですからね」

「言い訳をするな。それより、その薄っぺらなパンツをさっさと脱いで、太腿を開きなさい。角度は九十度以上に、な」

やっぱり、おれたち夫婦は、別居結婚という特殊な環境にあるものの、どこかおかしい。ある種、変態夫婦なのか。

奥さんの浮気話を肴《さかな》にしながら、結構、盛りあがっているのだから。

宏美の指が動いた。ちっぽけなパンツがひらりと剝がれ落ちた。

両足の踵がソファに乗っかるまで、わずか数秒……。

どこの医者の世話になったのかは知らないが、きれいに始末された黒い毛は、一本も残されていない。

が、宗佑の目は一点に集中した。

こんもりと盛りあがった股間の丘の、そのなめらかさに、だ。丘の下辺から切れこむ肉筋がビジュアルすぎる。

宗佑の視線は宏美の顔、乳房、股間を幾度も転移する。黒い毛が一掃されているだけで、別の女を相手にしているような錯覚にも陥ってくるのだ。

実にあからさまだ。

二枚の粘膜が左右に裂けている上端に、ぴくんと尖った肉の芽が、いつもより大きく見える。しかも、透明感のある粘り気を帯びているのだ。

すでに四年以上も慣れ親しんだ嫁の秘肉だというのに、つい、こくんと生唾を飲んでしまうほど猥らしい。

「ねえ、聞いて……」

頭の上から宏美の声が、かすれて届いた。

「なにを?」

顔も上げず宗佑は、問いなおした。

「わたしのお股の奥を、じっと見つめながらおじいさんは、新しいお願いをしてきたんです」

「おっ、おいっ、まさか、挿入したいと言ったんじゃないだろうな」

「違います。後ほどあなたの口座に、追加として二十万円を振り込むから、目の前に広がっている黒い群がりに口を寄せてもいいかね、と」

「ええっ、それはクンニリングスをしたい、ということか」

「わたし、おじいさんの熱意に、ほだされました。初めて会ったのよ。それにわたしは、シャワーもしていなかった。それなのに、おじいさんはクンニをしたいとおっしゃって、追加料金として二十万円もくださったのよ。お断りする理由はなにもなかったわ」

「それは、そうだ。舐めるだけだったら、危害が加わることもない」

「おじいさんが特別料金を払ってくださるんですから、わたしもそれなりのサービスをしてあげるのが、女の責任、優しさでしょう」

「おいっ、もしかしたら、白い毛に埋もれている肉を掘りかえして、フェラをしてやったとか！」

「ううん、あのね、わたしのそこの二枚のお肉を、左右に開いてあげたんです。

舌が使いやすいように」

「もろ出しか」

「おじいさんの目が、かっと開いたわ。そうしてね、わたしの太腿を強く抱きしめて、そそっかしいほどあわてて、お口をつけてきたんです」

「宏美も感じたのか」

「おじいさんの舌が、ぴちゃぴちゃと音を立ててうごめきました。時間にすると、一分くらいだったかしら」

「ずいぶんしつっこくやられたんだ」

「ねえ、わたしのそこの粘膜は、そんなにおいしいんですか」

ああっ！　宗佑は目を見張った。

頼みもしないのに宏美は、椿《つばき》の葉っぱに似た二枚の粘膜に指先をあてがい、ぎゅっと左右に押しひろげた。

言い古された表現だが、その内側にひそむ肉襞《にくひだ》は、透明の粘液に濡れ、まさに鮮やかなサーモンピンクに色づいていたのである。もじゃっと生えていた黒い毛が失われたぶん、裂け目付近の形状、色あい、小皺《こじわ》などが克明に浮き出てきて、ふたたび宗佑は、ごくんと生唾を飲んだ。

「じい様は満足したんだろうな」

「はい。口を離して、何度も舌なめずりをしながら、おじいさんは、美味《びみ》じゃ、甘美な宴じゃ……、って、それはうれしそうでしたよ」

「しかし、よーく考えてみると、じい様も気の毒だ。さわって舐めただけで、大金を払う破目に陥ったのだから」

「でもね、あのおじいさまは、わたしたちには想像できないほど、お金持ちみたい。だってね、これから一カ月に一度のわりで、来てくれないか。もちろん同額の謝礼は払わせてもらう、って」

得意げにしゃべる宏美の様子に、宗佑は少々うらやましくなった。さわらせる、舐めさせるだけで、一カ月七十万円のアルバイトが成立したのだ。しかも無税である。

浅間亭で七十万円の純益をあげるには、かなりの日数と努力が必要である。この世の金の流れは不平等すぎる、と。

「しかし、宏美の軀は、全然満足しなかったんだろう」

人間の欲望は、金で解決できないこともある。

「そうなの。傘寿のおじいさんも、十九歳の学生さんも、それなりに刺激はもらったわ。でもね、わたしの軀の奥底は、どんどんストレスが溜まっていくだけで、眠れない夜を送っていたんです」

「よしっ！」

ひと声かけて宗佑は、大股を開いている宏美の太腿を拾いあげ、ソファに押し倒した。

「ああっ、なにをするんですか」

「今夜は、大地震に襲われても目が覚めないほど、熟睡させてやる。宏美の惚気話を聞いていたら、久しぶりにやる気満々になってきた」

「ねっ、でも、あーっ、あなたが愛してくださったヘアは、一本も残っていないんですよ。それでもよろしいんですか」

「表面《おもてづら》は変わっても、中は変わっていないだろう。昂ぶりが高じてくると、宏美の膣道はぬるぬるの粘液に溢《あふ》れ、おれの肉を、きゅっきゅっと引きしぼってくる。今夜はあの引きしめが、一段と強くなっているかもしれない」

「あーっ、ゆるんでいても知りませんからね」

長い髪を指先ですき上げ、しなやかな首筋を反らした。

瞼《まぶた》をしっかり閉じ、眉間《みけん》に小皺を刻ませ、鼻腔《びこう》を膨らませながら。

準備は整いましたと、宏美の全裸は訴えた。

拾いあげた太腿をさらにかかえ上げ、でんぐり返しにする。秘肉を剝き出しにする股間を、真上から覗きこむ。三十歳をすぎても、宏美の肉体は柔軟だった。苦しそうな表情を浮かべながらも、股間をぐいぐい迫りあげてくるのだ。

宗佑は真上から唇を落とした。粘つく粘膜にしゃぶりつくなり、舌を差し出し、粘つく肉襞をこねまわす。

「あーっ、やっぱりあなたのお口が……、ねっ、いいの、感じます。奥のほうまで入ってきて、わたしのお肉を搔きまわしてくるわ」

一瞬、膣道のどこからか、おびただしい粘液が、びゅっと噴き出てきたような感じがした。

「上からがいいのか、それとも後ろからか。今夜は宏美の要求に応《こた》えてあげよう」

「それじゃ、ああん、後ろから……。だって、ヘアを始末したわたしの軀は見たくないんでしょう」

切れ切れの声を発した宏美は、でんぐり返しになっていた全裸を跳ね起こすなり、床にすべり下り、両手をついて、高々と臀を掲げた。

スポーツジムで鍛えたヒップラインに、ゆるみはない。薄い皮膚がぱんぱんに張りつめている。

宗佑は真後ろに構えた。

「おい、宏美。あのね、おれは見つけたぞ」

「あん、なにを、ですか」

「臀の割れ目の奥底にひそんでいる、小さな丸い襞を。凹《へこ》んだり、浮きあがったりしている。ここにもキスをしてください、と言っているみたいだ」

「あーっ、そうなの。ねっ、そのあたりがむず痒《がゆ》いんです。ひくひくしているでしょう」

「よしわかった。落ちつかせてやろう。その代わり、傘寿のじい様には隠しておけよ。この部分の肉は、亭主専用にしておきなさい」

「はい、わかりました。その代わり、ねっ、早く」

甲高く叫んだ宏美の臀が、さらに高く掲げられた。太腿を開いて、割れ目の幅を広くしながら、だ。宗佑は口を寄せた。舌を伸ばす。小さな丸い襞に、つつっと舌先をすべらせた。

あっ、あぐーっ……。宏美の口から苦しそうな悶《もだ》え声があがった。

ほぼ同時に、臀の割れ目をぎゅっと引きしめた。舌先が押し出された。

ぬるぬるなのだ、小さな丸い窄《すぼ》みのまわりまで。

熟れすぎた桃を舐めたような味わいが、口の中に広がっていく。

「今夜のおれは、いつもより元気がいいぞ。これから入っていくが、覚悟しておきなさい」

やや大げさに言い放って宗佑は、いきり勃つ男の肉の先端を握り、宏美の臀の割れ目にあてがった。

なめらかな宏美の背中が、すべり台のように反った。

いつ見ても、この女の背筋は美しい、ゆがみのない一本筋なのだ。

いつもに倍する勢いでそそり勃つ男の肉を、ぐいっと押しすすめる。

「あーっ、入ってきたわ。ねっ、ずっと奥までよ。あーっ、温かいの。わたしのお肉を、ずかずかと押しひらいてきます。そ、そこが気持ちいいの」

切れ切れの声をもらしながら宏美は、腰を前後に、そして丸く揺すってくる。

ほぼ根元まで飲みこまれた肉筒を、四方八方から、粘り強く、締めつけてくるのだ。

（こらっ！　そんなにあわてるな）

宗佑は自分をたしなめた。

挿入してまだ一分も経っていないのに、肉筒の根元に強い脈動が奔《はし》りぬけていって、だ。噴射の予兆である。

宗佑の危険状態を知ってか知らずか、宏美の腰づかいはますます激しくなっていく。淫猥なる摩擦音と一緒に、凹《おう》と凸《とつ》の合体部分から、おびただしい粘液をもらしながら、だ。

「ねっ、きて……、もう、お腹いっぱいです」

宏美の声が切れた。

まだ早いんじゃないのか。そう言いたくなったが、宗佑とて、股間の奥は爆発寸前の危うさなのだ。

自分は決して早漏ではない。宗佑は自信を持っていたが、微に入り、細に穿《うが》つ宏美の情話を耳にしているうち、いつの間にか、男のエキスは異常に沸騰して、噴射を早めてきたのかもしれない。

フィニッシュの体位が、不安定であってはならない。

男の肉を膣奥に収めたまま、宗佑は背後から宏美を押しつぶした。

「おれもいきそうだ」

宗佑は正直に訴えた。

「あーっ、キスを、キスをして。あなたの唾を飲みながら、あぁん、わたしはいきたいの」

宏美は首筋を捻《ね》じ曲げて、唇を上げてきた。

赤いルージュを濃く施していた唇が、いくらか腫れている。

押しつけた。二人の舌が音を立てて粘ついた。唾液が往復する。

宗佑の両手が宏美の乳房を探っていた。揉《も》みつける。

(いつもより大きい……)

弾力もあって。

そう感じた瞬間、股間が弾きわれた。おびただしい男の粘液が、どくっどくっと放たれていく。

最後のひと滴《しずく》が、宏美の膣奥に吸いこまれていったとき、宗佑の口元に、男の満足感に浸る笑みがこぼれた。

おれたち夫婦の和合は、少々異状でも、今の状態を保ちつづけることかもしれない、と考えて、だ。

それから八日後の昼下がり。

宗佑のマイカーは関越道の東松山《ひがしまつやま》インターを下りて二十分ほど走った場所にある、龍念寺の駐車場にあった。早崎頌栄和尚が主催する句会は、午後二時からの予定だった。宗佑は腕時計を見た。句会が始まるまで、まだ一時間近くある。

とりあえず、社務所に行ってみるか。

その場所で、ときどき、白い法衣をまとった尼僧の姿を見ることがあったから
……。

第二章　尼さんの喪明け

三年ほど乗りつづけているマイカーから一歩外に出て、米倉宗佑は天高く蒼《あお》く澄みわたった秋の空を見あげた。

両手を掲げ、深呼吸をする。ふわふわと漂う薄雲が美しい。田舎の空気は、いつ来ても爽《さわ》やかだ。どこからか響いてくる、ゴルフボールの打球音も、この地の平和、安穏を正直に表わしているようで。

（のんびりしているな……）

が、ふと正気に戻って宗佑は、おれは今日、この地に、なにをしに来たのだろうかと、考えなおした。ご先祖様のお墓に、お花と線香を上げるのが目的ではなかった。

頌栄和尚の主催する句会に参加する意欲も、それほどない。

やはり、このところずっと気にかかって、頭の隅っこから離れていかない、『背徳や少し深めの夏ぼうし』

なる俳句を送ってきた爛子と名乗る女性が、もしかしたら、頌栄和尚の主催する句会に参加しているかもしれないという、謎解きのトバ口を見つけたかったからか。

気まぐれな、何者かのいたずらではない。

あの句には、なんらかの目的がある。

爛子という俳号が、妙麗なるご婦人ではなかろうかと想像を逞しくするから、なおさらのこと、気にかかるのだ。さらに言えば、わたしを探してくださいと訴えているようで。

が、頌栄和尚の句会に参加して、もしやあなたは爛子さんですかと、一人ひとりに尋ねる勇気も出てこない。

句会の最後に参加者は、自分で詠んだ俳句を五句、短冊に認める。全員から提出された短冊をまぜこぜにして、各人に配布する慣《なら》わしがある。

詠み人を意識することもなく、作品を差別することもなく、参加者に詠んでもらおうという趣旨である。

その短冊に、作者の氏名は書き記さないことになっているから、誰の作品かわからない。

したがって、爛子なる女性が参加していても、無記名なのだから、作者を特定することができない。

参加者は点盛《てんもり》をして、その日の優秀作を決める。点盛とは採点のことを言う。句会のもうひとつの愉しみは、点盛のあと、その日の優秀作が決まって、呑み会に流れていく時間である。ようするに酒好きが多いのだ。

龍念寺の句会が、二次会に流れていくのかどうかは知らないが、少なくとも、浅間亭で開かれる句会は、そのほとんどが呑み会に移行していく。中には、句会より呑み会を目的にして参加する呑んべいもいる。

なにしろ句会の会場が、浅間亭の奥座敷で、酒、肴はふんだんに準備されているからだ。

かく言う宗佑も、しゃちほこばった句会より、談論風発の呑み会のほうが、肌に合う。

（ま、いいか。句会が始まるまで、まだ一時間近くもあるから、ご先祖様の墓参りをして、草むしりでもしてくるか）

思いなおして宗佑は、龍念寺に隣接する墓地に向かって歩きはじめた。

あれっ……？　墓地に入る寸前になって宗佑は、目を凝らした。竹製の杓子《しゃくし》を入れた手桶《ておけ》を手にした一人の尼僧が、ゆっくりとした足取りで歩いてきたからだ。白い法衣と紗《しゃ》の袈裟《けさ》が、太陽に反射して、きらきら光った。

尼僧との距離が三メールほどになったとき、宗佑は無意識に頭を下げ、こんにちは、ご苦労さまです……、と、声をかけた。うつむき加減で歩いていた尼僧の顔が、驚きを隠せず、ひょいと向きあがった。

お盆の時期は疾《と》うに終わって、墓地は閑散として、人影はない。

(へーっ、きれいだ)

龍念寺は浄土真宗で、親鸞《しんらん》聖人の時代から肉食妻帯を許され、男女を問わず、剃髪《ていはつ》を義務づけていない。さすがにパーマはご法度とされているようだが、長い黒髪を紐結びにしたヘアスタイルが、白い法衣に似合っているのだ。

いや、似合っているというより、そこはかとない色気を醸していると表現したほうが適切かもしれない。

「お墓参りにいらっしゃったのでしょうか」

遠慮がちに答えた尼僧の声は、まさに鈴が鳴るような美声だった。

「ええ、はい。ご先祖様のお墓が、このお寺で、ずいぶん長い間、お世話になっておりますので」

宗佑は畏《かしこ》まって、答えた。

白い法衣や厳かな袈裟をまとった尼さんの威光に、へりくだったわけではない。端正に整った面立ちに、やや後れをとってしまったというのが、本音だった。一点の化粧もない素顔は、抜けるほど白い。まさに、すっぴんの美しさ。涼しげな目元、つんと尖った鼻筋、山形に整った唇は、惚れ惚れするほど清楚《せいそ》、清廉《せいれん》である。

偶然出会った尼僧の美形に、大げさではなく、目がくらんだ。

「もしよろしかったら、お供をさせていただきましょうか。わたしでよろしかったら、ご供養させていただきます」

ほんの少し遠慮気味に、尼僧は言った。

「わが家の墓に、ですか」

あまりにも唐突な尼僧の申し出に、宗佑はまごついた。

が、幸いである。亡くなった実父は、母親の目を盗んでは、遊興に走るほどの女好きだった。これほど美麗な尼僧に、墓前で手を合わせてもらい、線香をあげてもらったら、この世の春であると父親は、欣喜雀躍《きんきじゃくやく》として、あの世で無上の慶びを発散させるだろう。

この上ない供養である。

「お線香とお蠟燭《ろうそく》が残っております。余りものですが、ご先祖様のご供養をさせてくださいませ」

「光栄です」

「決して怪しい尼ではございません。いろいろな事情がありまして、四カ月ほど前から、頌栄先生にご厄介になっております」

「そうすると、新米尼さんでしたか」

口から出てしまったひと言を、あわてふためいて撤回、削除しようとしたが、すでに遅かった。

白い法衣の袂《たもと》を唇にあてがい尼僧は、うふっと忍び笑った。

他愛《たわい》もないその姿が、とてつもなく麗しく、悩ましい。

尼さんの年齢を推測するのは、とてもむずかしい。皺くちゃだらけの老尼《ろうに》だったら、年齢などどうでもよいが、相手はまだ三十路《みそじ》前後と見える若肌を、つやつやと輝かせているのだ。

「おもしろいお方。新米尼さん……、だなんて。でも、そのとおりでございます。仏門に入れてくださることを許されて、まだ四カ月ですもの。解脱《げだつ》のげの字の境地にも達しておりません」

冗句で言いかえされた。

いつの間にか二人は、肩を並べて歩きはじめていた。

美しい尼さんの同道を断る理由は、どこを探してもない。

「ほんとうのことを申しあげますと、頌栄和尚の句会に参加させていただこうと考えていたんですが、句会の始まるまで、まだ一時間近くあるし、時間を無駄にするのはもったいないので、墓参りをしようかと、殊勝なことを考えたんですよ」

尼僧の視線が上目使いになった。横睨《よこにら》みとでも言うのか。身長は一メートル六十センチ弱か。宗佑より十数センチ低い。

ゆとりのある法衣姿であるから、体型は定かでないし、体重も計りかねた。

「思い出しました。二週間ほど前も、あなた様は先生の句会に参加されておられましたでしょう。でも、とっても眠そうなお顔でした。本堂の脇を通りましたとき、こっそり覗かせていただきました」

そんなこともあった。

前夜、友人二人を店に呼んで、しこたま呑んだ。

寝不足だった。

「まずいところを見られたんですね。句会を冒瀆《ぼうとく》していたわけじゃないんですが、睡魔には勝てず、でした」

「あなた様の様子をご覧になって、先生は笑っておられました」

「祖父と父親は俳句に熱心でしたが、ぼくはもうひとつ乗り気じゃないんです。怠け者なんですかね。酒を呑んで、カラオケに興じているときが、唯一、ストレスを解消できますね」

「では、おじい様かお父様が、句会を主催されておられたとか？」

「ええ、はい。昭和の初期、祖父が店開きした食堂が、句会の場所になって、一週間に一度は仲間が集まっていたようです」

「そのお店は、どちらで？」

「ＪＲの駒込駅の駅前に商店街があるでしょう。ご存知ですか」

ゆっくりした足取りで歩いていた尼僧の足が、ぴたっと止まった。

「ええ、はい」

なぜか尼僧の声が、震えた。

「あの商店街のほぼ中ほどに、浅間亭という食堂があるんですが、ぼくはその店の跡取り息子なんです」

尼僧の眼《まなこ》が、ぱっちりと開いた。

驚きの表情である。

「あの、浅間亭さんの……？」

「ご存知でしたか。それはうれしい。あなたほど美しい尼様に知られていたとは、感激の至りです」

手にしていた手桶を尼僧は、ぽとりと石畳の上に落とした。

知っているだけじゃなさそうだ。

ええっ！　愕然《がくぜん》として宗佑は、改めて美人尼さんの顔を見つめた。まさか！

もしかしたらこの尼僧は、父親の隠し子！

うそだろう。どちらかと言えば父親は、四角張った顔立ちだった。が、目の前に立ちふさがる尼さんは、うりざね顔だ。似ても似つかない。

が、抜けるほど白かった頬を、ぽっと染めた。

恥ずかしがっている表情ではない。

怒りがこめられている。

はて？　この尼さんと浅間亭に、なんの因果があったというのか。

「わたしどもの店にいらっしゃったことがあった、とか？」

宗佑は、おそるおそる問いかけた。万が一にも、浅間亭で食事をした結果、食あたりでもされていたら、一大事である。しかし、そのような報告は保健所を通じても、いっさい受けていない。

「あなた様のお名前は、では、米倉様とおっしゃいますか」

ずばりと言われて、宗佑は後ずさりしたくなった。

いよいよ事件性を秘めているふうな。

「そのとおりです。ぼくの名は、米倉宗佑と申しますが」

「お店の入り口に、郵便ポストがございましたでしょう。米倉と書かれていたことは、はっきり覚えております」

参ったな。

どんどん問いつめられていく気分に浸って、だ。

しかし尼さんに対して、悪さをした覚えは爪《つめ》の垢《あか》ほどもない。ましてやこれほどの美形尼さんだったら、大盛りオムライスを無料で食していただいても結構なのだ。

しかしあの名物オムライスは、半分も食べられまい。美人尼さんの体型から察するに、小食のほうであろうから。

「尼僧様が浅間亭にいらっしゃったのは、いつごろのことでしょうか」

問題を紐解いていく必要がある。

「半年ほど前のことでございます。肌寒い日でした。連れと二人で……」

そこまで言って尼様は、美しい唇を、きゅっと噛《か》みしめた。

「お連れ様と……？」

「はい。そのときはまだ、懇意にしておりました。近い将来の約束もしておりましたので」

ふーん、聞き捨てならない。奥歯に物が挟まったような言いまわしが、とても気にかかる。

仏門に入ったのは四カ月ほど前らしいから、半年前は、ごく普通のお嬢さんか勤め人だったのだろう。若いカップルはデートの途中、空腹になり、浅間亭の暖簾をくぐったのかもしれない。

しかし、若い二人のランチかディナーにしては、まるで色っぽくない。

浅間亭の人気メニューは大盛りのオムライス、トンカツ定食、カツ丼の三種で、大食いの客に喜ばれている。

一方、大食漢の恋人は、きっと無理強いしたのだろう。さ、早く食べなさい、とかなんとか言って。運ばれてきたオムライスやトンカツを、目の前で平らげていく恋人の凄《すさ》まじい食欲にあきれ果て、わたしはとてもついていけませんと、尼さんは白旗を挙げた。

そんなところだろう。

立ち並ぶ墓石の前では、話しづらいかもしれない。それに、一般人とお寺の尼さんが長話をしている姿は、奇異に映る。

「あちらの欅《けやき》の下にでも行きましょうか。仏門に入られた理由が、どうやら浅間亭にありそうですから、詳しい話を聞かせてください」

なにも聞かないで、それでは失礼しますと、踵《きびす》を返しては尼さんに対して非礼であると、宗佑は腹を決めた。

うなだれながらついてきた尼さんは、欅の大木の陰に、身をひそめるようにして、立ちつくした。

「あの日、わたしたちはずいぶん長い時間、六義園《りくぎえん》を散策しました。もちろん、ご存知でしょう、六義園のことは」

「もちろんです。運動不足のときは、園内を歩きまわりますね」

文京区本駒込にある同園は、千六百年代の後半、幕府の重鎮であった柳沢吉保《やなぎさわよしやす》が、その別亭として造った名園である。鬱蒼《うっそう》とした木立は、恋人たちの恰好のデートコースにもなっている。

「三時間か四時間、歩きました。彼は優秀な設計技師で、そのとき、熱っぽい口調でわたしに言いました。仕事が落ちつくまであと一年ほどかかるけれど、結婚してほしい、と」

「優雅な六義園でプロポーズとは、素敵でしたね」

「とても熱心に申しこまれて、わたしは夢心地でした」

「それで、どうしましたか」

まさか結婚を承諾してくれた記念に、ホテルに行きませんかと、誘われたわけではあるまい。けれど、ちょいと探せば、近場にもホテルなどいくつもある。

「六義園を出て、電車に乗ろうとしたんです。でも、急にお腹が減って、それで、あの……、浅間亭に入ったのです」

「腹が減っていては、戦《いくさ》ができませんからね」

優秀な設計技師の恋人が、どのような男なのか、なにも知らない。

が、宗佑の言葉尻に、いくらかのやっかみがまじっていたことは否めない。これほど美麗な女性とベッドインできるのなら、三食抜きでも、おれは奮闘するのに、と。

「浅間亭のテーブルに座って、わたし、特製のオムライスと唐揚げを六つオーダーしました。唐揚げは大好物なんです」

一瞬、宗佑はうつむき加減の尼僧の表情を、真剣にうかがった。

大の男でも卵三つを使った大盛りオムライスは、食べきるのに苦労する。それほど大型なのだ。

「味はいかがでしたか」

宗佑は注意深く聞いた。

オムライスと唐揚げを半ぶんこにして、二人仲良く食べた……。

それだったら結構な話だ。勇躍として戦場に出発できる。

「とってもおいしくいただきました。でも、わたし、お食事をしているとき、夢中になってしまう悪い癖があるんです。目の前に彼がいることも忘れて、一心不乱になっていたんですね」

「よほどお腹が空《す》いていたんですね」

「でも、あの……、気がついたら、わたし、オムライスと唐揚げを全部いただいていました」

「ええっ！」

宗佑は絶句した。オムライスひと皿だけではなかったのだ。おまけに唐揚げ六つ平らげてしまったとは！　浅間亭の唐揚げも特製で、コンビニなどで売っている小ぶりのものより、はるかにでかい。

「それで、どうなりましたか」

宗佑は追いかけた。

「彼はザルソバをひとついただいただけでした。それでわたしをじっと見つめていたんです。ものすごく醒《さ》めた目つきで」

「驚いたのでしょうね。あのオムライスは、大男でもひと皿食べただけで、げっぷが出るほど腹がいっぱいになったと、満足されていましたが」

「わたし、ときどき大食いになるんです。あの日は六義園で結婚を申しこまれ、とってもうれしくなって、箍《たが》がはずれてしまったようです。それで、地が出てしまったのでしょうか」

「食堂を経営しているからというわけじゃありませんが、無心で箸《はし》を使う女性は、セクシーに見えますすね」

「でも……、あの、彼は黙って腕を組んで、長い時間、わたしを睨んでいました」

「睨む?」

「はい。わたしを軽蔑《けいべつ》している目つきでした。でも、お腹に入ってしまったオムライスや唐揚げを、取り出すことはできません」

「それはそうでしょう。それで彼は、なにか言ったんですか」

「ぼくと涼子《りょうこ》は、生活の要諦《ようてい》が違うようだ。したがって、今までの話はいっさいなかったことにしてくれと、わたしを置いてけぼりにして、さっさとお店を出ていってしまったのです」

開いた口が塞《ふさ》がらないとは、このようなアホな話を聞かされた後《のち》に出る、人間の自然現象である。

しかし収穫もあった。この美麗尼僧の名が、涼子らしいということがわかって。

「そのときの状況を想像しますと、そのアホな婚約者は、食事代も払わず出ていったようですね」

「はい。わたし呆然《ぼうぜん》としました。だってそのとき、お店には何人かのお客様がいらっしゃって、みなさん、興味本位でわたしたちを見ていらっしゃいました。彼の声は大きいんです。でも、一時間も前に、熱心にプロポーズしてくださった人に、生活の要諦が違う……、なんて中傷されて、別れを告げられたら、わたし、死にたくなるほど悲しくなりました」

「思い余って仏門の門戸を叩《たた》かれた……？」

「親にも相談できません。でも、わたし今、ちょっとだけ、心が和んでおります」

「将来を約束した男のことを、きっぱり忘れることができた、とか？」

「それもありますが、このような場所で、浅間亭のご主人にお会いすることができて、オムライスと唐揚げの恨みを晴らすことができましたから。きっと親鸞和尚様のお引き合わせです」

解脱はできていないようだが、浄土真宗の教えを、いくらかでも理解しているふうな言いまわしである。

が、突然として宗佑は、この美人尼さんの身の上を案じた。

特大オムライスと唐揚げ六個を、きれいさっぱり平らげた大食漢である。

「お腹が減るでしょう」

唐突に尋ねた。

尼さんの頬がやつれて見えた。

「ええ、はい……」

彼女の声が沈んだ。

「浄土真宗は肉食を禁じていませんが、お寺の食膳《しょくぜん》に、二百グラムもありそうなステーキは出てこないだろうし」

「そうなんです。朝食はおかゆと梅干し、それにお野菜の煮物ですから、あの、お腹の足しにもならないんです」

よーし！　宗佑は気合いをこめた。

座禅を組み、心静かに経を読み、心頭滅却して冷たい滝に打たれても、この美しい女性が受けた心の傷は、癒《い》えるものではない。

もっと効果的な治療法がある。この際、和尚の主催する句会は欠席して、墓参りも後まわしにする。

「今夜は、ぼくがご馳走しましょう。肉でも魚でも、涼子さんのお好みのままに、なんでもお相手しますよ。ぼくのお腹は、ザルソバ一杯で満腹になりませんから、夜を徹して食べ比べをしませんか」

どこか落ちつかない表情だった尼僧の瞳が、きらきらっと輝いた。

「ぼくの車はお寺の駐車場に停《と》めてありますから、急いで着替えて、駐車場まで来てください。秘密の逃避行ですから、和尚様に気づかれないよう、出てきてくださいね」

「これからですか」

「あの、お酒も呑みたいんです。よろしいでしょうか」

「へべれけに酔っ払っても、ぼくが介抱してあげます。安心してください。さあ、それじゃ、急ぎましょう。善は急げ、です」

きらきら光った尼さんの目元に、それはうれしそうな微笑みが浮いた。自分の車のナンバーを告げて宗佑は脱兎《だっと》の如く、駐車場に向かって駆け出していた。

待つこと二十分ほど。

小走りで駆けよってくる一人の女性に姿に、宗佑は目を見張った。若草色のサマーセーターと、裾が極端に短いショートパンツの姿は、白い法衣をまとっていた尼僧とは、あまりにもかけ離れていて。

颯爽《さっそう》としているし、いかにも華やいでいる。

しかも、滅法色っぽい。

太腿の根元近くまであらわにしている下肢は、すらりと長い。表現は古いが、まさにカモシカの如く、だ。

助手席のドアを思いっきり勢いよく開いた尼さんは、呼吸を荒くして飛びこんできたのである。

「お待たせしました。これでも、すごく急いで着替えてきたんですよ」

よく見ると、唇にはほんのちょっぴり紅が注《さ》されているし、睫毛が長くなっていた。ほっそりとした首筋にかけられたシルバーのネックレスと、小さなイヤリングがペアマッチしている。

(やっぱり、仏門に幽閉しておくのはもったいない)

その晴れやかな表情は、休みの日に遊びに出かける少女のように、生き生きとして。

「それじゃ、行きますか。それで、肉ですか、それとも魚ですか」

アクセルを踏みこんで、宗佑は聞いた。

彼女の頬に、すーっと朱が注した。

「ほんとうに、甘えてもよろしいのね」

法衣を着ていたときより、言葉づかいも砕けていた。鈴の鳴るような声ではなく、ウグイスの鳴き声のような、澄んだ音色が車内に広がった。

「肉から魚に、梯子《はしご》をしてもいいですよ」

「それじゃ、あの、焼き肉をご馳走してください。カルビ焼きが大好きなんです。考えているだけで、唾が溜まってきます、お口の中に。わたしって、ほんとうに食いしん坊な女だったんですね」

四カ月ほどの仏門生活は、さぞや辛かっただろう。菜っ葉が主力の精進料理の食生活だったのだろうから。人間の二大欲望の片方を、完全に切りおとされていたのである。

えっ！　そこまで考えたとき、宗佑の脳裏に、石火《せっか》の如き、一筋の疑問が奔った。もう片一方の欲望は、どうなっていたのだ？　半年ほど前まで、この女性には、アホでも恋人がいた。相思相愛だったのだろう。当然、肉欲の関係は、密であったに違いない。

が、蜜月は一瞬にして、ぶちきれた。相手は、とっとと逃げ出したのだから。哀れである。

お寺の生活で、外出禁止令は出ていないようだが、こっそり抜け出し、巷《ちまた》を徘徊《はいかい》しても、女性には、肉欲を発散させてくれる簡便な場所が少ない。

ホストクラブ……？　冗談を言っちゃいけない。これほど麗しい女性が、ホスト坊やの手慰みになっていたなんて、考えたくもない。

結論は出てこない。

宗佑は急いで頭《かぶり》を振った。今は、余計な詮索《せんさく》をするな。とりあえずは、彼女の食欲を満たしてあげることが先決じゃないか、と。

「それじゃ、先を急がないといけません。涼子さんの腹の虫に、はよう走れ！と叱られるかもしれない」

「特上のカルビと冷たいビールをいただいたら、わたしの軀は、きっと再生されます」

言って彼女は、我慢しきれないのか、こくんと喉を鳴らした。

関越道をスピード違反すること三十キロの猛スピードで突っ走って、行きつけの焼き肉屋の個室に入るまで、約一時間。まだオーダーもしていないのに、部屋に漂う香ばしい匂いが、さらに激しく食欲をそそってくる。

メニューを見ながら、宗佑はこっそり彼女の様子をうかがった。

肉は特上でも、並みの量では、満足しそうもない。

質もさることながら、量も勘案しなければならない。

オーダーを取りにきたウエイターに、

「とりあえず、特上カルビ、タン塩、牛ヒレを、それぞれ三人前持ってきてくれないか。もちろんキムチ盛り、野菜サラダ、卵スープ、ライスもね。それから冷えきった生ビールの大ジョッキを、二杯頼みます」

アルコールが入ったら、運転代行を呼ぶまでさ。

オーダーした焼き肉三種を、ぺろりと平らげてしまうかどうかは、文字どおり、見てのお愉《たの》しみと、唇の端からうっかりもれてきそうな笑いを、宗佑は必死に飲みこんだ。

数分して、テーブルには大皿が並べられた。

まずはビールで乾杯である。

へーっ……。呑みっぷりも勇ましい。息も切らさずの一気呑みで、たちまちのうちに、大ジョッキのビールは、三分の一以上も彼女の胃袋に流しこまれた。

炭火の上に置かれた網に、三種の肉を並べる。

じゅうじゅうと肉が焼かれていく音色と一緒に、香ばしい匂いが室内に充満していく。

彼女の眼《まなこ》は、焼けていく肉をじっと見つめたまま動かない。

おおよそ四カ月の仏門生活が、よほど辛かったのだろう。

「遠慮なく、いただきます」

ひと言口にした彼女の箸が、動き出した。

肉を咀嚼《そしゃく》する音が、色っぽく聞こえてくるのだ。ひと切れひと切れの肉に、愛情をこめて嚙みしめているようで。

できることなら、おれも肉になりたい、なんて思ったりして。

まさに、黙食の見本である。

約二十分後、大皿に盛られていた三種の肉は、ひと切れ残さず、二人の胃袋に納まった。おおよその見当として、宗佑が食べた肉は、三分の一だった。

お見事！　と、拍手を送りたくなる。

すぐさま宗佑はウエイターを呼んだ。オーダーを追加する。特上カルビを三人前と生ビールを二杯。

彼女の目元に、それは満足そうな笑みが浮いた。

こうした場合、女性に対し、まだ食べますか……、などと、野暮な問いかけをしてはならない。もてなす側は、忖度《そんたく》の心を持って接する必要がある。

「わたし、生きかえりました。お腹の奥のほうから温まってきて、あの……、変な言い方ですけれど、血流がよくなってきたような感じがします」

表情が生き生きとしてくるのだ。

「もう少し食べると、凝り固まっていた筋肉が、柔らかくほぐれていくかもしれませんね」

「はい、そんな気もします。ときどき座禅も組ませていただきましたが、心の痛みは全然晴れていかなかったし、むしろ、考え方がネガティヴになって、うっとうしくなっていくだけでした」

「人間は慣れないことをやっちゃいけません。それでね、ぼくはさっきから、かなり心配していたんですよ」

「えっ、わたしのことで？」

追加注文したカルビを平らげたあと問うたほうがいいのか、それとも、今のうちに聞いておくべきか、宗佑はかなり悩んだ。

が、できるだけ早く問題は解決しておくべきだと、宗佑は勝手な結論を下した。

「率直にお聞きしますが、半年前の浅間亭事件が起きる前まで、彼……、すなわち、急にアホなことを言い出した恋人との関係は、それなりに順調に推移していたんでしょう」

「米倉さんのおっしゃっていることが、よくわからないのです。わたしたちは、仮にも愛しあっているつもりでしたから」

小首を傾げて彼女は、テーブルに乗っていたティッシュで、唇をぬぐった。

「すみません。まあ、しかし、なかなか聞きにくいことなんですよ。ましてやあなたは今、尼僧になって人生修行をしている最中なんですから」

自分でも驚くほど、要領を得ない言いまわしになっていく。

若い女性に尋ねていいものかどうか、と。

「今は、尼僧の生活から離れている時間ですから、どうぞ、なんでもおっしゃってください」

そうですか、それでは遠慮なく。

ジョッキの底に残っていたビールを空にして、宗佑は真正面から彼女の表情を追った。

どこから見ても、非常に整った面立ちである。

「ようするにですね、彼との縁が切れたあと、性欲を満たす手段を、どうなさっていたのか、ということです。涼子さんの健啖《けんたん》ぶりを目の当たりにすると、独り寝の夜はとても寂しく、辛かったのではないかと、ぼくなりに察しているのです」

彼女の視線がうつむいたり、下から目線で睨んできたりと、忙しくなった。

「ものすごく辛くても、我慢するしかありませんでしょう。住職様におすがりできる問題でもありません。それに住職様は、もうお歳です」

「そうすると、この半年ほどは、異性関係はいっさい無しで？」

彼女の頬が、なにかを思い出したのか、ぽっと染まった。

「わたし、真剣に考えたことがありました」

「真剣に、とは？」

「一日を反省して、お床に入って、さあ、寝ましょうと考えたとき、あの、急に軀が疼《うず》きはじめて、身の置き所がなくなってしまうことが、たびたびありました。つい、指をあてがったりして……。我慢できないときは、一人慰めをすればいいのよ、なんて、修行中の身なのに、淫《みだ》らなことを考えたりしました」

「決して、恥ずかしいことじゃないと思いますよ。食欲と性欲は人間の二大本能で、どちらが欠けても、身体《からだ》のバランスが崩れていくものです」

「きっとわたしは、この半年ほど、崩れっぱなしだったんですね」

「なにか、いい方法がありませんかね」

「えっ、いい方法、って?」

宗佑はしばらく考えた。

自分が言い出しっぺなのだが、確たる妙案があったわけではない。

たとえば、昔の恋人に連絡してみるとか……? 口に出かかった戯《たわ》けは、ただちに飲みこんだ。考えが安直すぎる。

「思いきって申しあげましょう」

宗佑は襟を正した。

「まあ、なにを?」

「龍念寺の和尚様のことは、ぼくも尊敬しております。祖父の時代からいろいろお世話になっておりましたから。しかし、涼子さんの心の傷を完全治癒してくれる能力は、残念ながら備えていないでしょう。和尚様はすでに、男の力を失っておられる年齢です」

「では、尼僧として、日々研鑽《けんさん》しても、わたしの軀は元に戻らない、とか?」

「こうして涼子さんを間近で拝見していると、尼さん修行など、なんの役にも立たないでしょう。その証拠に、ほら、たった今、涼子さんは焼き肉二人前をぺろっと平らげた。あなたの軀は、追加のカルビを待ちのぞんでいるのです」

「ええ、はい。もっといただきたいと、わたしのお腹は待っています」

「ようするにですね、あなたの体内には、一人の女性としての本能、欲望が、埋《うず》み火《び》となって、赤く燃えているんですね」

「米倉さんのおっしゃっていることが、よくわかりません」

「簡単なことです。尼さん修行をなさっていても、人としての欲望は、まだまだ旺盛《おうせい》なんですね。だから、ときどき赤い炎を燃やす埋み火を、消してやればいいのです」

「どのようにして？」

「とりあえず、食欲のほうは満足されたでしょう。次は、夜も眠れないほど疼く軀を、鎮火させてやることですね」

「お指を使いなさい、と？」

「それでは悲しすぎますよ。涼子さんほど美しい女性が、自慰を頼りに、自分の軀を慰めてやるなんて」

「でも、あの……、彼とは半年前に終わっているのです。焼き肉は追加注文できても、恋人の追加注文はできませんでしょう。できたとしても、時間がかかります」

愉快なことを言う尼さんだ。ならば、

「ぼくでは、ご不満ですか」

思いきって言い放って宗佑は、大げさに自分の右手の人差し指を、己の鼻先に突きつけた。愛想のない顔をしてはならない。といって、にやけてもいけない。

彼女の大きな瞳が、くるくるっと一回転したように見えた。

そして、からからっと笑った。

ばかなことをおっしゃってはいけませんと、頭から否定しているような。

考えてみれば、そのとおりである。二人が偶然出会ったのはおよそ二時間前で、お互いの心身を、充分理解するには時間が短すぎた。

急に箸を取った尼さんは、宗佑の話をさえぎるように、皿に残っていたキムチを挟んで、まずそうに口に運んだ。

数秒の沈黙が流れた。

「米倉さんは、お酒に弱いんですね。ジョッキ一杯のビールぐらいで、精神錯乱状態に陥っていらっしゃるようで。わたしには理解できません」

宗佑の顔を一瞥《いちべつ》もしないで、彼女はぼそぼそとつぶやいた。

宗佑の誘いなど、テンから相手にしない様子である。

ここで大人しく引き下がっては、せっかくのアイディアが、おしゃかになる。自分では、かなりの勇気を奮い起こして提案したつもりだったし、さほど悪い知恵ではなかったはずだと、宗佑は己をけしかけた。

おれだって……、むしゃくしゃしたときは、行きつけの居酒屋で強度のアルコールを呷《あお》って、ソープランドに直行したことは何度かあった。たったそれだけの行為で、胸の奥に溜まっていたいらいらは、きれいさっぱり洗い流された。

人間の身体機能なんて、そんなものだ。

「ぼくは大真面目ですよ。一杯のビールでなまくらになるほど、ぼくの軀は弱くない」

「それじゃ、今のお話は、わたしを口説いていらっしゃるとか？　それも、真剣に？」

「残念ながらぼくには、奥さんがいるんですよ。わりと心の通じあう妻がね。したがって、半年ほど前、涼子さんを六義園に誘って、結婚を申しこんだらしい元《もと》彼《かれ》とは、考え方に大きな相違点があります。が、今、あなたをぼくの両手で抱きしめ、あらん限りの努力で性戯を尽くし、悦《よろこ》びを分かちあいたいと思う気持ちは、元彼の数倍の力を秘めているはずです」

正しい口説きの手法であるかどうかは、わからない。が、彼女が手にしていた箸が、ぽとりとテーブルに落ちたのだ。

「わたしのことを、愛してくださっているんですか」

宗佑の胸のうちを探るように、彼女は言った。

宗佑はまた、数秒考えた。

「愛している……、とは言いがたいですね。しかし好きです。とてもきれいな方で、お寺を出るときから気になっていたんですが、ショートパンツの裾からはみ出ている太腿は、ぼくの目をくらませるほど魅力的だし、その美しい肉づきの太腿の付け根あたりが、どんな形状になっているのか、ぼくの探究心はどんどん旺盛になっていくのです」

「はっきりおっしゃる方」

「太腿の奥だけではないですよ。あなたの唇は、めちゃ悩ましい。ちょっとぽってりとして。接吻《せっぷん》をしたら、一ミリの隙間もなく密着してしまいそうな、粘り気があるんですね」

彼女の指先が、薄い紅を注した唇を、なぞった。

もちろんこの半年ほど、この愛らしい唇を舐めたり、吸ったりした男はいないはずだ。

宗佑は部屋の外の様子に、耳をそばだてた。

追加のカルビを持ってくる足音は、まだ聞こえてこない。

言葉より行動が、即効性、実効性を伴う。

宗佑は急いで椅子《いす》を離れた。一秒のロスもなく彼女のかたわらにすり寄り、彼女の頬を両手で挟み、問答無用で唇を押しつけた。

あっ、うっ……。彼女の口の奥に、驚きの声がくぐもった。両手で宗佑の胸を押しながら。そんなことに、ひるんでいるときではない。本気で怒ったら、ただちに、この焼き肉パーティをお開きにするだけだ。

唇を接触させていた時間は、わずかに二、三秒。それでも宗佑は、焼き肉の味と匂いを残した彼女の唇の甘さを、充分味わった。

取って返そうとした踵に、急ブレーキがかかった。椅子に座っているぶん、それは健康的な丸みを描いていた彼女の太腿が、ややつぶれ、ひどく卑猥に映ってきたのだった。

「カルビ焼きより、ずっとおいしそうです」

自分の声がかすれたことに、宗佑は気づいた。

かなり昂ぶっている証拠だ。

一瞬の間をおくことなく、宗佑は腰を屈《かが》め、伸びやかな太腿の素肌に、ちゅっと唇を押しつけた。

「あっ、あっ、よ、米倉さん……」

大声が出そうになったのか、彼女は指先で唇を押さえ、もう一方の手で太腿を押さえた。

「唇と太腿の、どちらが美味であるか、お答えしようもありません。しかし涼子さんの肉体の、かなり敏感そうな部分の味見をさせてもらった結果、さらにぼくは欲深くなりましたね。次は、どこにキスをさせてもらおうか、と」

ウエイターがいつ部屋に入ってくるかわからない。

宗佑は急ぎ、自分の椅子に戻って、空っぽになったジョッキをつかんで、すまし顔を作っていた。

「大きな軀をなさっているのに、米倉さんって、行動が素早いんですね。考える時間もありませんでした」

それから約一時間後、宗佑と新米尼さんは、タクシーを拾って池袋《いけぶくろ》の東口に聳えるホテルの一室にいた。こんな貴重な時間に、酒気帯び運転でとっ捕まっては、愛する嫁に申し開きが立たない。

窓辺に立ちつくして、彼女は暮れなずんでいく東京の夜景に、視線を落としている。

「こういうことは、敏速を是《ぜ》とするんですね。考える時間を、相手に与えてはならない。ぼくだって、それなりに勇気がいるんですよ。焼き肉屋で白状したように、ぼくには奥さんがいる。ましてや、今日初めて会った尼さんに失礼な態度で接したことがバレたら、愛想をつかされるかもしれません」

「奥様のことを愛していらっしゃるようなお話ですね」

「まあ、かなり。でもね、われわれは別居しているんです」

「まあっ、別居……！」

「それで、お互いがお互いの軀を求めるときだけ、会うのです。十日に一度とか、半月に一度とか。そのせいか、その一夜は精力の果てるまで、お互いの肉体を求めあう。まさに、汗まみれの肉弾戦とでもいうのでしょうか」

窓の外を眺めて聞き入っていた彼女の上体が、白いミュールの爪先《つまさき》をこすりながら、宗佑の真横にすり寄ってきたのだった。

「一人の女をホテルに誘っておきながら、奥様との睦事《むつごと》を、お惚気まじりでお話しになるなんて、おもしろい方ですね、米倉さん、て」

「嫁さん持ちだったことが、あとで知れたら、男は赤っ恥をかくだけです。非常にみっともない。それに、ぼくは浅間亭の店主であることを、あなたはご存知なのですから。すべてを白状して、それでもよし！　となった上で、今夜は徹底的に涼子さんの肉体の味見をさせてもらいましょう、ということです」

「なんとお答えしていいのか、わかりません。でも、わたしはあなた様に誘われるまま、ホテルのお部屋に入ってきたのですから……、わたし、自分がなにを考えているのか、わからなくなってきました」

「食欲はそれなりに満たしたのでしょう。こんなチャンスに、性欲を抑えてしまったら、バランスが悪くなる。こう見えても、ぼくのそっちの力は、わりと強いほうです。涼子さんが、もう堪忍してくださいと、息も絶え絶えになるまで、やり抜く力は蓄えているはずですよ」

「俳句を趣味となさっているのに、風流心がないというのか、力ずくでわたしを攻めてこられるのですね」

「そのとおりです。でもね、聞き分けはいいほうですよ。今夜は静かに寝かせてくださいとおっしゃるのでしたら、ぼくは歯を食いしばって、指一本ふれませんから、安心してください」

すぐ真横に迫っていた彼女の首筋のあたりから、甘い香りがふわりと立ちのぼってきた。体温の上昇を物語っている。

この女性の体内には、不安と期待が入りまじっているような。

「ダブルサイズでも、ベッドはひとつしかありません。それでも我慢してくださるのかしら」

「忍耐力はあるほうですね。しかし、我慢できなくなったら、ソファで寝るか、それとも運転代行に運んでもらったぼくの車は、地下の駐車場に停めてありますから、車中泊するしかないでしょうね。どちらにしてもぼくは、あなたを埼玉のお寺まで送り届ける責任がある」

「お寺には、もう帰りませんと申しあげましたら?」

「ええっ、帰らない?」

「お寺の尼修行では、わたしの心の傷が、癒えないように思えてきました」

「そうすると、実家にお帰りになるとか?」

「いいえ、東京のどこかにアパートを借りて、一人住まいをします。焼き肉をご馳走になったとき、そう決めました。わたしって、お腹がいっぱいになると、物事を冷静に判断できるのかもしれません」

なんの澱《よど》みもなく、すらすらっと答えた彼女の目元に、晴れやかな笑みが浮いた。一寸の迷いもない。

大きな瞳が、生き生きと輝いて見える。

「となると、ぼくの責任は重大ですね。涼子さんを心変わりさせた犯人は、ぼくかもしれないから」

「そうです。責任の大半は米倉さんです。それに、わたしたちはほんの少しでも、キスをしました。肉体関係が生じたのです。あなたの唇が重なってきたとき、わたしは心底から決めました、お寺の修行はやめます、と。だって、ありがたい仏様のお導きで解脱できたとしても、そのとき、きっとわたしは後期高齢者のお仲間に入っていると思います」

今はどれほど麗しい女体でも、何十年か後に、後期高齢者になってしまったら、太腿に唇を寄せる勇気は湧いてこないだろう。

宗佑は無意識に両手を伸ばしていた。

倒れこむように、彼女の全身が胸板に埋もれてきたのだった。

彼女の視線が、ゆらりと向きあがった。

清純な眼差しに映った。

そっと背中を撫でた。

「頌栄住職に、聞いたことがありましたよ」

「どのようなことを？」

すがりついてくるような視線が、どこか頼りなく、そして愛らしい。

「浄土真宗の教えのひとつに、人間生活の中で一番大切なのは、人と人との心のふれあいを大事にすることだ、と」

「わたしたちは今、心と心……、いいえ、肉体もこんなにしっかりとふれあっています」

「涼子さんの心臓のときめき、素肌の温かさ、甘い香りがぼくの軀を強く縛りつけてくるようです」

「もう一度……」

短いひと言をもらした彼女の顔が、半開きになった唇を突き上げるようにして、間近に迫った。今度は二、三秒では終わらない。

宗佑は彼女の背中とウエストを、抱きくるめた。

背中を弓なりに反らしてくる。

唇を押しつける。

彼女の両手が狂ったような勢いで、首筋に巻きついてきたのだった。

唇同士の接触は、ほんのわずかな時間で、ほぼ同時に、唾液に濡れたお互いの舌を求めた。生ぬるい唾が往復する。その生温かさ、粘り気が宗佑の昂ぶりを激しく揺さぶってくる。

自然と宗佑の右手は、ウエストからすべり落ちていき、外見よりはるかに豊かな盛りあがりを描いていた臀部の頂《いただき》を、ゆらりと覆った。

むくりとした肉づきが、手のひらで踊った。

厚ぼったくて硬い布でできたショートパンツが、邪魔っけになる。

ごわごわ感は必要ない。直《じか》にさわりたい。一旦、火のついた男の欲望は、目的地に到着するまで、後には引かないように仕上がっている。宗佑の手は、さも当然の如く、臀の頂からすべり落ちた。極端に短いショートパンツの裾を探りあてるなり、その内側に、すすっと指先を押しこんだ。

「あっ、あっ、中に入ってきます」

しっかり絡んでいた舌先を、無理やりほどいて、彼女は喘いだ。

「二人のふれあいを、さらに濃密にしたいと思う気持ちを抑えることはできないんですよ」

「でも、あん、そこはお臀です。あーっ、ずんずん、中に入ってきます」

「ぼくの手はわりと図々しくできていて、もっと奥に潜りこんでいきたいと、もがいているんですよ」

それほど意識することなく自分の口からほとばしった言葉が、男の欲望の発火点になったのか。トランクスの内側で、比較的大人しくしていた男の肉が、猛然と起きあがったのだ。

ひとたび目を覚ますと男の肉は、俊敏、果敢になる。おれの力を見てくれ！とばかりに。

「あっ、押してきます。びくびくしているみたいですよ」

途切れがちの声をもらしながら、彼女は股間を迫り出してきたのだ。ズボンを膨らませる突起物に、恥丘の盛りあがりを押しつけるようにして。

「涼子さんのお臀の肉を、今、ぼくの指は、しっかりつかまえましたよ。柔らかいような、弾力が漲《みなぎ》っているような。でも、指が自由に動かないんです。パンツに邪魔されて」

「あーっ、あなたは、なにをなさりたいんですか」

「強張《こわば》ったパンツを脱がしたい。そうすると、ぼくの手はもっと自由気ままに動くことができるでしょう」

「もう、ねっ、好きになさってください。だって、わたしも、あの、硬いパンツが、うるさくなってきているのです」

二人の意思は完全合致した。

間髪いれず宗佑は、彼女の真ん前に、両膝《りょうひざ》をついてしゃがんだ。

目前に迫ったショートパンツが、荒く呼吸をしているかのように、前後にうごめいた。昂奮を抑えきれず、腰が勝手に動いている。宗佑の目には、そう映ってくる。

匂ってくる……。短い裾の隙間から、ふわふわと漂ってくる女臭《にょしゅう》が、男の肉をさらに激しく焚きつけてくるのだ。

「湿っていますね、生ぬるく」

ショートパンツのフロントと、ややうつむき加減になっている彼女の顔を見比べながら宗佑は、短い言葉で聞いた。

「いけませんか、濡れたら？　あなたのお顔は、すぐそこにあるんです。息が吹きかかってきます。あーっ、それに、あなたの手はさっきから、わたしの太腿をさすっているんですよ。半年間も捨てられていたわたしの軀が、おかしくなってくるのはしょうがないことだと思います」

「おかしくなった？　どこがおかしくなってきたんですか。詳しく聞かせてください」

問いつめる。

「優しそうなお顔をなさっているのに、あなたはとっても意地悪な方だったんですね」

「意地悪男じゃありません。鈍感なんです」

「いつまでも、ごちゃごちゃおっしゃらないで、ねっ、パンツを脱がせてください。そうしましたら、濡れている場所がはっきりおわかりになるでしょう」

ほぼ同時に、彼女の両手が宗佑の肩口にもたれかかってきた。

すでに、一人では立っていられないほど、昂奮は高まり、濡れた場所が収拾のつかない状態になっているのだろう。

催促されたら、すぐさま行動に移すのが、男の仕事である。

宗佑の手は、伸びた。ショートパンツのファスナーに。

おれもだらしのない男だ。指がかすかに震えているし、呼吸も荒くなっている。ついさっきまで、御仏《みほとけ》に仕えていた女性の、あろうことかパンツを脱がせようとする自分の非道に、やや反省しているのか。

お前は聖女様に対して、なにをやらかすのだ！　と、天罰が下ることも覚悟しなければばならない。

しかしこの女性は、元尼《もとあま》さんだった。

お寺には戻りませんと、はっきり言ったばかりだ。

ならば現世の悦びを、気の済むまで堪能《たんのう》させてあげるべきだろう。

やっとショートパンツのファスナーにかかっていた指が、スムースに動いた。引きおろす。

（おおっ、ホワイトだ！）

細かな刺繍《ししゅう》を施した純白のパンツが、目の前に浮き出てきた。

清純である。けばけばしくない。デザインだってノーマルだし。

龍念寺の自室で、法衣から平服に着替えたとき、この女性は、自分の下着姿が初めて出会った男の前で、白日にさらされると予想したのだろうか。

が、少なくともそのとき、この女性は尼僧としての心得を、わずかでも反復したに違いない。わたしには、いっさいやましい気持ちはございません、と。

だからパンツは、真っ白。

「濡れているところは、この白地の布の内側ですね」

わかりきったことを尋ねながら宗佑は、ショートパンツを足首から抜いた。

「そんなに、わたしをいじめないで。でも、あーっ、気持ちいいわ。あのね、蒸れていました、そこが。冷たい空気に洗われていきます」

「よほど熱をこもらせていたんでしょうね」

「今、あなたの視線を感じています。どこが蒸れているのか、早く見せろとおっしゃっているんです」

間違いない。

視線の先は、小高く膨らんだ恥丘の下辺。薄い白地の布は小皺を寄せて、深みにはまり込んでいるのだ。しかもその場所は、この半年ほど、男の手で荒らされていなかった。龍念寺から歩いて数分のところにある滝の聖水で、洗い清められていたのかもしれないが。

まさに聖女の如く、清らかに。

だからなおさらのこと、ぬれぬれと濡れているらしい肉の狭間に、この女性の、欲に満ちた女の匂いがこもっている。

「あーっ、米倉さん！」

彼女の声が響いた。

完璧な防音装置が施されているだろう五つ星ホテルの、隣の部屋まで届いてしまいそうなほど甲高く。

やにわに宗佑は、パンツ一枚になった彼女の臀に両手をまわし、ひしっと抱きしめ、そして恥丘の膨らみに唇を押しつけたからだ。

悲鳴に近い嬌声《きょうせい》は拒否の声ではない。宗佑は確信した。

彼女は股間を迫り出し、恥丘を押しつけ、宗佑の頭を引きよせたのだ。

息苦しくなるほど、宗佑の唇とパンツの盛りあがりが、ひたりと粘着する。

だが……、

（芳しい！）

薄い布地を素通しにして、むっと吹きもれてきた女の匂いが、鼻の穴に充満した。この匂いを、よき香りと感じるのは、興奮状態におかれた男の特権である。

宗佑は舌を出した。

小皺を作って恥丘の下側に切れこんでいる薄い布に舌先を這わせ、味と匂いをえぐり出すように舌先をこねた。

（ほんとうだ！）

生温かいぬめりを、舌先でつかまえた。

甘酸っぱいような、少し饐《す》えた味が、舌先に広がった。

自分がやっていることに、もどかしさを感じた。

もっと大胆に、積極的にやれよ！　宗佑は自分にハッパをかけた。瞬間、宗佑は彼女の臀を抱きかかえ、立ちあがって、そのままベッドに組み伏せた。

「ああっ、なにをなさるんですか」

元尼さんは、瞼を見開いた。

「ぼくはね、そんなに優しい男じゃないんですよ。エキサイトしてくると、いくらか暴力的になることもあって」

「ですから、なにを……？」

「白いパンツを、するりと引き下げたいだけですよ。ぬるぬるに濡れているらしい患部に、舌をあてがい、中身をほじくり出したいと、ね。涼子さんだって、きれいにしてほしいでしょう」

「そ、それは、あの、あなたの舌を使って?」

「そうです。ぼくの舌は長めにできていて、かなり奥のほうまで入っていく寸法になっていますからね」

「で、でも、あの、少し匂うかもしれません。お寺でお着替えをしたとき、シャワーを使う時間もありませんでしたから」

「涼子さん、よーく聞いてくださいよ」

「ああっ、今になって、なにを聞けとおっしゃるのですか」

「ドリアンという、フィリピン産のフルーツがあります。涼子さんも知っているでしょう」

「はい。食べたことはありませんが、ドリアンがどうかしたのでしょうか」

「こいつの実は、鼻をつまむほど臭い。ところが口に入れると、とろりと溶けて、それは甘いのです。臭いからまずいと考えるのは、単純な考えで、浅はかです」

「それは、あの……」

彼女の目が、白いパンツに包まれた自分の股間に向いた。

「シャワーを使っていない涼子さんのドリアンが、どれほど匂うか、鼻をくっつけて嗅ぎたくなってきましたよ」

言葉の終わらないうちに宗佑の手は、純白のパンツのゴムにかかっていた。美しい女性の肌着を脱がすときの快感は、男の体液を勢いよく放出するときより、ずっと刺激的なときもある。初めて交わる女性はとくに、だ。

ましてや、今、目の前に仰臥《ぎょうが》する美麗な女性は仮にも、数時間前まで尼さん修行をしていた聖女である。

性の快楽など、すでに放念しましたと、その法衣は語りかけていた。

その女性のパンツを脱がすなんて、滅多にある経験ではない。

「米倉さん……、そ、そんなに猥らしいお顔を、なさらないでください。でも、素敵です。もうすぐわたしは、ねっ、お洋服の全部を脱がされるのでしょう。そうしたら、わたしの軀は、あなたの前でさらしものになります。どんな軀でも、わたしを愛してくださいますね。あなたには奥様がいらっしゃいますから、今夜だけ、わたしを大事にしてほしいのです」

仰向けになった彼女の瞼が、長い睫毛をぴくぴく震わせ、静かに閉じた。

あきらめたのではない。この女性はきっと夢を見たいのだ。恍惚《こうこつ》とした夢を。

純白のパンツを、するりと引き下げる。

なんとまあ、無垢《むく》な肌なのか。

肌理《きめ》が細かい。むくりと膨らむ恥丘に萌《も》える黒い毛は、輪郭のはっきりとした逆三角形で、色濃く密生している。

すぐさま宗佑は手を伸ばし、サマーセーターを頭から抜き取った。

シュミーズらしい薄布に、ブラジャーの影が映った。

余計な衣類はいっさい不要である。

シュミーズを脱がし、前ホックのブラジャーも取り払う。

全裸にさせるまでの所用時間は、三分とかからなかった。

「気の利いた言葉が思いつかないのですが、きれいな体型をしていましたね。膨らむところは膨らみ、くびれるところは、小気味いいほどしなやかに」

しっかり閉じられていた彼女の瞼が、まぶしそうに開いた。

えっ！　びっくりした。彼女は両手を左右に広げ、思いっきりよく太腿を伸ばしたのだ。

まさに大の字！　しかも純粋無垢とも見える全裸をさらして、だ。

わたしのすべてを見てください、とでも言いたげに。

すばらしい女体である。

「清々《すがすが》しいのです、今のわたし。そうです、わたしの軀はたった今、喪明けしました」

「喪明け……？」

「はい。半年前、とんでもない事故に出会って、わたし、きっと喪に服していたのです。悲しくなったり、寂しくなったり、泣きべそをかいたり、それから、仏様にすがったりして。でも、今、わたしは解放されました。一糸まとわないわたしの軀を、今日初めてお会いした男性にお見せすることによって……。二十九歳になった城山《しろやま》涼子の第二の人生が、今、始まったのです。ねっ、そうでしょう、米倉さんの素敵なお力をお借りして」

ある意味、懺悔《ざんげ》ともとれる言葉を並べた彼女の姓名、年齢が城山涼子で、二十九歳であることが、やっとわかった。

「喪明けのお祝いをしてあげましょう」

「あーっ、なにをくださるんですか」

宗佑は黙って膝立ちになった。

かぶっていたTシャツを頭から剝ぐ。肌着も一緒にして、だ。

手は止まらない。ズボンのベルトをほどくなり、ずるりと引きおろした。

どのような状態に追いこまれても、男の肉の強度を失わない体質に仕上がっている。勇躍としてトランクスを盛りあげていたのである。

ああっ！　仰臥したまま城山涼子は、指先で唇を押さえた。

トランクスのゴムを弾いて、赤く腫れた男の肉の先端が飛び出したからだ。目を見張るほどの巨根ではない。が、形は整っている。笠の張りようも文句なく。

「米倉さん、もっと近くに来てください。目が霞《かす》んで、よく見えないんです。だって、半年ぶりなんですよ」

切れ切れの声を発した彼女の両手が、宗佑の全裸を呼びよせるように、宙で舞った。

あっ！　宗佑の目は一点にとどまった。

両手を掲げた彼女の膝が立ちあがって、太腿を左右に開いたからだ。

黒い毛の密集は肉の斜面に至るところになって、ぷつりと途切れ、蜜に濡れたような二枚の粘膜が、剝き出しになっていたからだ。

その粘膜の真ん中は縦に切れこんで、裂け目の奥から鮮やかなピンクに色づく肉襞を覗かせていたのだった。

第三章　女を卒業させた美人ママ

「今年の夏は、海にも山にも行かなかったんですね」

全裸の美女が目の前に横たわっているというのに、米倉宗佑の口からは、その場にそぐわない言葉が、他人事《ひとごと》のように出た。

透きとおるほど白い肌。

色が変わっているところは、桃色がかった乳暈《にゅううん》と、かなり正確な逆三角形を描く股間の黒い毛で、見とれるばかり。

彩《いろど》りのコントラストがすばらしい。

つい今朝《けさ》方まで、御仏に仕える身であったせいか、卑猥さが感じられない。生々しくないのだ。

色欲をそそってこない、と表現したらよいのか。

「ああん、そんなことを言われたら、急に恥ずかしくなってきました」

勢いよく開いていた太腿を固く閉じて、両膝を横倒しにし、城山涼子は両手で乳房を覆い、宗佑を睨んだ。全身を横向きにしたぶん、ゆらりとした弧を描く艶《つや》やかな臀の円形が、清潔な色香を漂わせてくる。

いつもだったら、問答無用と襲いかかって、即効性に富んだ合体に持ちこんでいくところなのだが、元尼さんの美しさにしばし見とれて、指一本伸ばすこともできないでいる。

「これほど白い肌だと、紫外線に弱そうですね」

元尼さんの真横に胡坐《あぐら》をかいて宗佑は、間近から彼女の全身に目を配った。特殊なローションを塗っているのではないかと勘ぐりたくなるほど、肌理は細かく、なめらかなのだ。

「ねっ、お願いがあります」

両の乳房から手を離そうとしないで、元尼さんは恨めしそうな声を出した。

「ぼくにできることなら」

「むずかしいことじゃないんです。あの、あなたは胡坐をかいていらっしゃるでしょう。でも、勃っているんです。わたしの目の前に、にょっきりと」

勃ってる……？　彼女のひと声に、あわてて宗佑は己の身体を再確認した。しまった！　おれもそそっかしい男だと、宗佑はあわてて己の股間に手をかぶせた。が、勇躍としてそそり勃ったままでいる男の肉を、隠しおおせるはずもない。

かなりの時間、勃起《ぼっき》させたままでいたせいか、神経が麻痺して、勢いよく勃ち上がっていた肉の存在を忘れていたらしい。

「申しわけありません。こいつを、どうしましょうかね」

まるで様にならない問いかけを、頭を掻きながら宗佑は発していた。

「そんなむずかしいことをおっしゃっても、お答えのしようもありません。でも、素敵な形だったんですね。逞しく整っていらっしゃるというのか」

誉《ほ》められているようだし、ちょっと、からかわれているようだし。

「色は悪くないでしょう。ぼくは今年、四十《しじゅう》歳になりましたけれど、使用頻度が多いわりに、形は崩れていないんですよ」

「使用頻度……、って」

そこまで反復して彼女は、唇を押さえ、くくっと笑った。さもおかしそうに。

改めて問われると、返す言葉もない。

「まあ、簡単に説明しますと、女性が好きなんでしょうね。ぶっちゃけた話、手当たり次第でした」

宗佑はわざと大げさに言い、ふざけて、照れを隠した。

しかし大筋のところ、すべてが偽りではない。女好きは、実父から譲りうけた貴重なDNAでもあるのだから。

「奥様がいらっしゃるのに？」

きょとんとした目つきになって、元尼さんは不審そうに聞いた。

「嫁とは誓約書を交わしていましてね、お互い、恋愛は自由である、と。もちろん、奥さんも勝手気ままです。この前は、そう、二週間ぶりに会いましたら、惚気まくられましたよ、十九歳の学生さんに抱かれました、なんて」

「ええっ、奥様が浮気を！」

「お互いの浮気談義が、二人の関係を良好に維持しているんでしょうかね。燃えるんです。まあ、気の利いた酒の肴のようなものですよ」

涼子の眼差しがきらきら光った。

まるで萎えることもない男の肉の棒勃ちに、ときおり視線を送りながら。

「そうすると、今のわたしたちのことも、奥様にご報告なさるのですか」

問われたが、すぐさま答えるほど、まだ内容が伴っていない。

勢いに任せて双方は、裸になっただけのことだから、酒の肴になるほどの好材料には至っていない。

「ぼくらは、まだなにもしていませんからね。こんな話を彼女にしてやっても、果たして昂奮してくれるかどうか、はなはだ疑問です。いや、ハッパをかけられるでしょうね、いい歳をして、あなたはなにをやっていたんですか、なんて」

「わたしはあなたの前で、パンティも脱いでいるんですよ」

「ぼくの嫁は、十九歳の若者と、ひと晩で四回も奮闘したと、威張っていましたよ。おまけに、その……、フェラをしてあげたら、青年は我慢できなくなって、嫁の顔にびゅっと噴き出した、とか」

「まあ、そんなことまで？」

「飲んでやったのかと聞きましたら、ぺっと吐き出したら、あの子がかわいそうでしょう、なんて、しゃあしゃあと言ってのけていましたから、負けてはいられないと、その夜、ぼくもがんばりましたよ」

あっ、これっ、なにをするのだ！　あわてて宗佑は腰を引きそうになった。が、遅かった。真っ白な全裸が、腰をひねらせ横にずれたとき、元尼さんの頭は宗佑の太腿に、ゆらりと乗っかっていた。

膝枕《ひざまくら》ではなく、太腿枕。

ばらけた髪が、さわさわと内腿を撫でてきた。

くすぐったい。が、払いのけることもできない。

(そんなことをしちゃ、いけません!)

急いで注意したくなったが、彼女の手は素早く動いた。

棒勃ち状態の男の肉の先端を、指先でつんつんと弾いてきたのだ。

「わたしだって、負けませんからね」

かなり挑戦的な言葉を口にした彼女の目元に、とても満足そうな微笑みが浮いた。

「負けません、とは、どういうこと?」

「だって、あなたの奥様は十代の男性の、あの、だからあそこに……、お口をつけてあげたんでしょう」

「そう、そうらしい」

「あなたの奥様が、堂々と浮気をなさっているのですから、あなたとわたしがもっと親しくなっても、罪にはなりません。わたし、そう思います」

「まあ、理屈的には」

「今まで、わたし、少し遠慮していました。あなたは浅間亭のご主人で、奥様もいらっしゃるご身分ですから、やはりご自分の立場を大切にしなければならない。わたしなどを相手になさっては、お店の名誉に傷をつけるかもしれない。ですから、これ以上のことをしてはいけませんと、自分に言いきかせていたのです」

「しかし、嫁が浮気者と知って、遠慮することはないと、心変わりした？」

「あなたのお躯は、いい匂い。コロンなんて、撒《ま》いていらっしゃらないでしょう。逞しい男性の香りがしてきます。女の躯の芯《しん》を、じわじわと酔わせてくださる、芳しい微香です。おいしいワインを、少しずついただいているような。あーっ、それに、ねっ、ほら、ゆらゆら揺れています。キスをしてくださいと」

棒勃ち状態の肉の裏側に向かって、元尼さんの顔がすり寄った。

ふたつの肉体の距離は、二十センチ弱。

荒い息づかいが、裏筋を撫でてくるのだ。

生温かい呼吸が当たってくるたび、筒先がびくんびくんと跳ねあがる。薄い皮膚を染める紅色を、次第に鮮やかにしていって。

「涼子さんも、乳首が尖ってきましたよ。ほら、みるみるうちに」

彼女の視線が宗佑の顔を追った。

「こんなに近くで、とっても素敵な男性を見たら、乳首だって黙っていません。

おっぱいだけじゃありません。ねっ、さわってください、わたしの、そこを。もう、ほんとうにひどいことになってきました」

わたしの、そことは、いったいどこなんだ？

深く考えるまでもない。

「涼子さんの足は長く伸びていて、さわりにくいですね。ぼくの腕はそんなに長くない」

「それでは、どうしたら？」

「ぼくは仰向けになって寝ますから、ぼくの顔を跨《また》いでくれますか」

「あーっ、あなたのお考えになっていることと、わたしの考えが、やっと一緒になりました。でも、女のわたしから、そんなはしたないことをお願いするわけにはいきませんでしょう。仮にも半年ほど、わたしは御仏様にお仕えしていた女ですもの」

「それじゃ、天空にましまます仏様に、今までお世話になった御礼として、現世に息づく俗人カップルが、歓喜に酔い痴《し》れる姿を見せてあげましょうよ。仏様は退屈されているかもしれない」

こらえきれないような笑いをもらした彼女は、ベッドの端で横座りになった。

小ぶりのほうではあるが、円錐《えんすい》型に膨らむ乳房が、紅色に染まる乳首を吊《つ》り上げて、迫りあがっていく。

宗佑の目には、確かにそう映った。

さあ、早く。わかっているでしょう。涼子さんの顔は、ぼくの股間の真上になるんですよ。その体位を手短に、わかりやすく説明した。

真っ白だった彼女の頬が、ぽーっと赤らんだ。

「わたし、前から、一度試してみたかったんです。その形。だって、大きなあなたのお肉が、わたしの喉を、真下から突き刺してくるのでしょう。あなたが少しでも腰を突きあげたら、苦しくなって、わたし、窒息してしまうかもしれませんん」

「それでも、やってみたい？」

「だってそのとき、あーっ、あなたのお口は、とってもひどいことになっているわたしの軀の芯に、ぴたりと張りついて、それから、あなたの舌は、ねっ、ぬぬっと入ってくるのです」

頬《ほ》っぺただけではない。

蒼く澄んでいた彼女の眼《まなこ》も薄桃色に変化していく。

事は急がなくてはならない。

恥ずかしいから、やめます……、なんて言われたら、ここまで盛りあがった雰囲気がぶち壊れる。

宗佑は急ぎ反転した。仰向けになる。

うーん、勇ましい。己《おの》が肉体は、白い天井を睨みあげているのだ。

が、元尼さんは、横座りになったまま、一人ではしゃいでいる宗佑の裸に目をやりながら、どこか得心したように、唇を嚙みしめた。

「もう一度、言います。ぼくの顔を跨ぐんですよ」

「わたし、やっとわかりました」

「えっ、なにを?」

「半年ほど前、わたし、浅間亭でおいしいオムライスと唐揚げをいただきましたでしょう」

おいっ! こんな緊急事態を招いているとき、オムライスや唐揚げのことなど思い出さないでくれ。食欲と性欲は別人格なのだから。

が、元尼さんは、膝をこすってにじり寄り、ほっそりとした指先を、宗佑の胸板に預けてきたのだった。

「オムライスが、どうしたんですか。今になって、ほんとうはまずかったなんて言われても、ぼくは責任が取れませんからね」

「違います。あのとき、オムライスの横に、小皿に盛られたお漬け物がありました。オムライスと糠漬《ぬかづ》けのお漬け物なんて、おもしろい取り合わせでした」

「あの糠漬けは父親の時代から使っている年代物の糠床で、きゅうり、大根、ニンジン、白菜などを、ぼくが管理しているんですよ」

「そうでしたか。とってもおいしかった。スーパーで売っているお漬け物とは、お味が全然違いました。丹精をこめた手作りのお味でした」

あーあっ……。尼さん修行を離脱したばかりの女性の、脳味噌《のうみそ》の出来ぐあいが理解できなくなった。二人は素っ裸なのだ。これから女上位の相互訪問を敢行しようとしているときに、糠漬けの味を思い出しているなんて。

あんたは糠味噌婆《ばあ》さんじゃないでしょうと、本気で腹が立ってくる。

「糠漬けの味を思い出してもらって、とてもありがたいことなんですが、今は糠漬けの話ではなく、どのような体位で、その……、シックスナインの悦びを分かちあおうかと、ぼくは腐心していたところだったんですよ」

「ええ、はい。あなたの優しいお気持ちが、わたしの胸を躍らせてくれます」

結構、乗り気のようなのだが、元尼さんは横座りになったまま、次の行動に移ろうとしない。

「浅間亭の漬け物が、あなたの頭のどこかに、まだしつこく引っかかっているようですね。今度、父親の墓参りに行ったとき、正しく報告しておきますよ。親父もきっと好きになるような美人尼さんが、漬け物が非常においしかったと言っておられました、と」

「ありがとうございます。でも、わたしの申しあげたいことは、お漬け物の味ではなく、あの、初めての経験をさせていただくこと、です」

えっ、初体験！　いったいなんの話だ？

最終的には破談になったそうだが、結婚まで約束した恋人がいたではないか。まさか清い肉体で終わったわけではあるまい。

「涼子さんの話している内容が、あっちこっちに飛び火して、ぼくにはうまく理解できないんですがね」

疑問の言葉を投げながら、あまりにも唐突に彼女の口から出てきた漬け物談義のせいか、直立した男の肉から、少しずつ力が抜けていく。

「ですから、あの、あなたのお話しになった、その、シックス……、ナインのことです」

　非常に言いにくそうに元尼さんは、やっと本筋を語りはじめた。

「シックスナインが、どうかしましたか。大人の男女の間では、特別な行為じゃないでしょう。ごく普通の情愛の交換です。ませた高校生だったら、やっている。わたしの嫁は、とても上手に受けいれてくれますしね」

「そう、そうだと思います。でも、半年前に別れた彼は、一方的でした」

「一方的……、と言いますと？」

「お恥ずかしい話ですが、舐めろとか、くわえろとか、腰を突き出してきて、それは粗野にわたしの軀を扱ってきました。二人で悦びを分かちあおうという行為はなかったのです」

「ほーっ、ずいぶん身勝手な男だったんですね」

「それでね、浅間亭のお漬け物のことが、ふっと思い出されました」

浅間亭の糠漬けと、男女相互訪問のどこに関係があるのだ？

　まるで理解できない。

　懸命に思考を巡らせているうち、男の肉はどんどん力を失っていき、半勃ちならぬ、半倒れの情けなさ。ずずんと直立しているときは、なかなか見応えのある形状なのだが、半倒れは醜いだけだ。

だらしのないことに、黒い毛の中に埋もれかけている。

しかし、ここで話を終わらせるわけにはいかない。

糠漬けの名誉にかけても、だ。

「もう少し、わかりやすく話してくれませんか。ぼくの脳味噌は今、かなりの混乱状態に陥っているらしいあなたの、女性の肉がどのような形になっているのか、どんな匂いが吹きもれているのか、そんな卑しいことばかりが描かれて、糠漬けのぬの字も出てこないのです」

元尼さんの膝が、じわりとうごめいた。

二人の空間を狭めてくる。

「ですから、わたしの申しあげたいことは、ものすごく大きなオムライスと唐揚げ六つを、とてもおいしくいただいた原因は、あの糠漬けにあったのではないか、と。お父様が腐心なさったお漬け物がなかったら、わたし、きっと途中でギブアップしていました」

そう言われてみると、あきれるほどの大酒を呷ることができるのは、うまい肴があってこそ、だ。さあ、呑めと、銘酒一本をどーんとテーブルに載せられても、果たして呑みきれるか、どうか。

「少しずつ、あなたの言うことが、理解できてきましたよ」

「よかったわ。ですからね、あの人はいつも自分勝手に、くわえろ、舐めろ、だったでしょう。二人で一緒に気持ちよくなりましょうという優しさが、なかったのです。でも、あなたは、自分の顔に跨《また》がれとおっしゃいました。わたしが跨ったら、あなたのお口は、あーっ、わたしを……、ねっ、そうでしょう。きっと腰が崩れ落ちるほど気持ちよくなって、ねっ、わたしのお口は夢中になって、あなたを頬張っていると思うのです」

「そうすると、彼との性戯で、シックスナインという行為はなかった、とか？」

「はい、一度も。してみたいと思っても、彼は応じてくれる素振りもなかったのです。でも、今は……、してもよろしいのでしょう。大きなオムライスとおいしいお漬け物があって、わたしの食欲はとまらなくなったのですから」

比喩《ひゆ》として適正かどうかわからない。

が、女上位の相互訪問を、これほど期待に満ちて話してくれた女性は、初めてだった。しかも三十路をすぐ前にする、特上美人、が。

この程度の戯《あそ》びを、珍しがることはないのに。

「それじゃ、浅間亭の糠漬けと、ぼくの肉棒のどちらがうまいか、味比べをしてくれませんか。ぼくの口は、あなたの股の奥に潜りこんで、煽《あお》りたてますよ」

「あーっ、あなたは猥らしい方。気持ちよくなりすぎて、途中でいっても知りませんからね」

「なあに、ぼくは四十歳になりましたが、一回こっきりで、やーめた……、なんてだらしのないことは言いません。涼子さんがほんとうに果てるまで、やり抜く決意を固めていますから」

宗佑の言葉が終わらないうちに、元尼さんの白い裸身が、ゆらりとうごめいた。いくらか気後れ気味だが、彼女の片方の太腿が、宗佑の顔の上を、ゆらゆらと通過していった。

(これはすばらしい眺め！)

薄桃色に染まっていた乳暈と、輪郭の整った逆三角形の黒い恥毛の群がりのほかに、純白の素肌を妖《あや》しく彩る三つ目の色彩に、宗佑の目は吸いとられた。いくらか腫れぼったく見える、二枚の肉畝《にくうね》である。

赤いサンゴ色……。

ほやほやと茂る黒い毛は露に濡れ、すべてが薙《な》ぎ倒され、その隙間から、複雑に入り組む肉襞を覗かせていたのだ。

確かに！　二枚の肉畝は透明の粘液に濡れ、艶光している。これほどおもらしをしていたら、本人も気持ちが悪かろう。

宗佑は両手を伸ばした。

顔の真上で左右に割れた臀の頂に手を添え、顔を上げた。

二枚の肉畝が、ひくついた。肉の裂け目の幅を広くしたり、狭くしたり。

その隙間からもれてくる甘そうな匂いに、宗佑の顔はさらに引きつけられた。

「ううっ！」

うなったのは、宗佑だった。

ほんの一分ほど前まで、半倒れ状態だった男の肉の先端に、生ぬるい粘膜がかぶさってきて、びびっと勃ちなおったのだ。生ぬるい粘膜を押し開いて、そそり勃っていく。

「うっ、うっ……」

元尼さんの喉が、苦しそうに鳴った。

反射的に宗佑の口は、肉の裂け目の突端に飛び出していた肉の芽を、つつっと吸った。唇では挟めないほどぬるぬるで、舌先から逃げていく。それでも宗佑は、しつこく追いかける。

びくっとした。彼女の股間が、さらに太腿を左右に広げ、宗佑の顔面を目がけて、ゆらりと沈んできたからだ。

生温かい粘膜や、濡れた毛先、うごめく肉襞に、唇のまわりや鼻先がつぶされていく。

女の芽を攻撃されて腰が砕けたのか、それとも、意識的に股間の肉を押しつけてきたのか、定かでない。が、元尼さんの股間は、前後に、左右に、そして円を描くように動きまわる。

相手は粘つく粘膜だ。

唇や鼻にへばりついてきて、息苦しくなってくる。

しかし宗佑は己をけしかけた。この女性は、半年ぶりに味わう女の快楽に溺れているのだ。少々息苦しいくらいで、逃げてはいけない。

ぴたりと張りついてくる粘膜の隙間を狙って、宗佑は舌先を差し出した。ずぶずぶっと埋まっていく。二枚の粘膜を、見事に押し開いたのだ。

さらに押しこんだ。舌を取りまいてくる肉襞を、掻きわける。

「あーっ、米倉さん、そ、そんな中まで入ってこないでください。だめ、そこは、ねっ、くすぐったいのか、気持ちいいのか、よくわからないんです。でも、震えが止まらないの、ねっ、わかるでしょう。引き攣《つ》ったり、電気が奔ったり……、もう、やめて」

一旦、男の肉から口を離し、やめてと叫びながらも、元尼さんはますます股間を押しつけてくる。どこからか、生ぬるい粘液がじゅんと滲み出てきて、宗佑の口に流れこんでくるのだ。

そうだ！　おれの嫁は得意そうに白状していた。十九歳になる学生さんが、びゅっと噴き出してきた男の粘液を、ぺっと吐き出したらかわいそうでしょう。ですから、飲んであげました、と。

婦唱夫随である。見習うべきは妻の勇気。

口に流れこんできた元尼さんの滴を、宗佑は一気に飲みほした。

半年間でも仏門で修行してきた女性の、ある意味、尊い湧き清水である。もしかしたら、身にあまるご利益があるかもしれない、などと欲張りな考えが、頭の隅をよぎったりして。

元尼さんの腰のうねりと、口の動きが二重奏になって、宗佑の昂奮を高めていく。アホな元彼と、何年の付き合いだったか知る由もないが、初めての相互訪問にしては、その腰づかい、口づかいは卓越したうねりを示してくるのだ。

宗佑を奮い立たせてくるような。

口にあまるほど巨大化した男の肉を、根元まで飲みこみ、唇を窄めて、薄い皮膚をこそげるようにして抜いていくときと、ぬれぬれの股間を押しつけてくるタイミングが、見事に一致してくる。

忘我の境地に達したときの、女性でしか演じられない、無我夢中の特技かもしれない。

男の肉の根元に、熱いたぎりが奔った。

そのたびに、彼女の喉奥に飲みこまれた筒先が、上顎《うわあご》を目がけて、びくりと跳ねあがる。

「涼子さん、口が疲れてきたでしょう。さあ、口を離して軀を反転させて、ぼくの真上からかぶさってきてください」

宗佑の脳裏に、一抹の不安が奔ったのだ。

これほどねちっこいフェラをつづけたら、粗相をする危険がある。

おれは十九歳の若僧ではない。元尼さんの口内に、無謀発射することなど、許されない。

「あなたの上に……？　わたしが上になったら、あん、下から入ってきてくださるのね」

やっと男の肉から口を離した彼女の声は、かわいそうなほどかすれた。

「嫌いですか、その形」

「もう、わたし、夢心地なの。軀がふわふわ浮いているようだし、目が霞んでいます」

「わかった。ともかく軀を反転させて、上から抱きついてきなさい」

宗佑の指示をしっかり理解したのかどうか、わからない。

けれど元尼さんは、よろよろと、それはのろまな動きで、全裸を回転させた。

あーあっ。目は虚《うつ》ろで、頬は真っ赤。

乱れた前髪に汗が染みついて、草の根のような形になって、額にへばりついている。それに、薄紅を注していた唇は、いくらか腫れぼったい。

真下から両手を伸ばして宗佑は、彼女の頬に手のひらを添えた。ぽっぽと熱っぽい。

「さあ、少しずつお臀を下ろしてきなさい」

熱のこもった頬から手を離し、宗佑は彼女の腰骨をつかんだ。

「あーっ、全然違うんです、彼のときと」

「なにが違うのかな」

「あのね、あなたにキスをしてもらったお肉に、引き攣りが奔って、それから、ものすごく温かくなってきて、早く入ってきてくださいって、痙攣《けいれん》しているみたいで。こんな感覚、初めてです」

「ぼくもね、さっきから待っていたんですよ。ぬるぬる、ねばねばの肉の奥深くに入っていきたい、と」

次の瞬間、彼女の顔が、宗佑の唇を求めて沈んだ。

たった今まで、お互いの肉を貪《むさぼ》っていた舌が、唾を飛び散らせて粘ついた。

ほぼ同時に、男の肉の先端が、粘つく肉襞を搔きわけた。

元尼さんの腰が、狂ったようにうごめいた。上下に振ったり、前後に揺すったり。

「あっ、あっ、ねっ、わたしのお肉が暴れています。搔きまわされているんです。でも、いい、いいの。あーっ、このままいってもよろしいでしょう」

口を離して彼女は、ほっそりとした首筋を反らした。細い血管を浮かせて、だ。

ちょっと早いではないか。もう少し時間をくれ……。宗佑は願った。が、彼女の首筋はがくんと折れ、ふたたび唇を寄せてきたのだ。

大げさに表現するなら、断末魔……。

宗佑は下から突き上げた。筒先が襞の壁に当たる。ひくひくと応えてくる。胸板に重なっている乳房をとおして、一二〇も超えそうな心拍数が、どきんどきんと伝わってくるのだ。

「もう、わたし、だめです。ねっ、意識がかすれていくんです」

「ぼくの肉を、ぎゅっぎゅっと締めつけてきますね。どうやら涼子さんの軀は、ほんとうに喪が明けたようです」

「はい。そうです。あーっ、もう、終わってください。ねっ、お願い」

切れ切れの声をもらした元尼さんの全身から、すべての力が抜けていく。どどっと覆いかぶさってきた。

次の瞬間、けたたましい勢いで筒先から放たれたおびただしい男の体液が、襞の壁に飛び散っていったのだった。

それから十日ほどして。

大衆食堂『浅間亭』から、ふた駅離れた私鉄駅の近くに、こぢんまりとしたネオンを灯《とも》らせるスナック『しま』のカウンターで、宗佑は一人、スコッチの水割りを舐めていた。カウンター席は十席ほどあって、そのほかに、四人掛けのテーブル席がふたつ並んでいるが、客はいない。

悪性ウイルスに侵食された呑み屋は、日照りつづきだ。

奥の厨房《ちゅうぼう》から出てきたママの表情は、これほど閑散とした店内なのに、まるで屈託がない。

「今夜はもうお客さんもいらっしゃらないでしょうから、厨房さんにも帰ってもらいました」

どうやら紬《つむぎ》らしい和服の襟元を指先でつまみながらママは、宗佑の真横の丸椅子に腰を下ろした。地味目の色模様が逆に、ママの艶やかさを際立たせている。

「それじゃ、二人で呑もうか。別嬪《べっぴん》ママさんを肴にしながらね」

決してお世辞を言っているわけではない。

ママは和服美人なのだ。

黒髪を頭の後ろに丸くまとめる襟足が、ママのチャームポイントにもなっている。ほやほやと萌える後れ毛は、見ているだけで、くすぐったくなってくるほど色っぽい。

「あら、それじゃ、わたしのお肴は？」

「おれじゃ、不足か？」

宗佑はまぜっかえした。

ママの名は、島崎《しまざき》登美《とみ》。スナックの看板を『しま』にしたのは、島崎の島を取ったにすぎないと、ママはあっけらかんと打ち明けた。

宗佑が『しま』に通いはじめたのは、二年半ほど前からである。

恋女房と別居生活が始まって、一年ほど経ったころだ。閑《ひま》な夜を持て余して、ぶらりと入った『しま』の居心地のよさと、美麗なるママに傍惚《おかぼ》れして、だ。

おれは別居結婚しているんだよと、宗佑が哀れを乞《こ》うように白状して以来、ママは特別メニューを作ってくれるようになった。ごく普通のスナックだというのに、松坂牛の特選ヒレを二百グラム、レアに焼いてくれた。ママの仕事を支えている厨房さんは、かなりの料理上手らしい。

奥様が不在では、栄養のバランスが悪いでしょうとママは、いつも優しい気配りをしてくれた。

「しかしママ、こんなに分厚いステーキをご馳走になって、おれがその気になっても、発散する相手がいない」

言葉の裏には、一度でいいからおれの相手になってくれないかと、本気でお願いしているのだが、この二年半ほど、言葉巧みなママの口車に乗せられ、目的は達成されていない。

「ご相伴《しょうばん》させてくださいな」

丸椅子に座るなりママは、袖をたくし上げ、グラスにスコッチを注ぎ、氷水で割った。

ふたつのグラスが空中で重なって、涼しい音色を響かせる。

「ところでママ、ママのほんとうの歳はいくつなの？」

スコッチの水割りが、ママの喉を通過するのを見届けて、宗佑は唐突に聞いた。和服の袖から覗いた生白い腕が、妙に生々しく映ってきて、以前から気になっていた疑問を、素直にぶつけたのである。

「あらためて、どうなさったんですか」

さほど気にする様子もなく、ママは問いかえしてきた。女の年齢を急に聞くなんて、失礼でしょうなどという、無粋な口答えはかけらもない。

「年齢不詳の典型みたいな女性だから、さ。だいいち、おれはママの和服姿しか見たことがない。ミニスカートでも穿いて、太腿の端っくれくらい覗かせてもらったら、推定年齢を弾き出せるんだが、ママの素肌は首筋と腕くらいしか見せてもらっていないから、当てずっぽうでもわからない」

「お顔に、シミとか小皺がありますでしょう」

言われて、まじまじと見なおした。が、醜いシミなど一点も見つからない。魔法の如きシミ隠しファンデーションを、特別使用しているふうにも見えないのだ。

「経験不足のおれの眼力で、ママの歳は三十六と弾き出したんだが、間違っていたかな」

下から目線で睨まれた。

「そーさんがわたしのお店にいらっしゃるようになって、二年半ほど経ちますでしょう。そんな見えすいたお世辞など、わたしには通じません」

他人の耳がなくなるといつの間にか、ママは宗佑のことを、そーさんと呼ぶようになっていた。遠慮のない、親しみのこもった呼び名であると、宗佑は心地よく聞いている。

「そうすると、おれとおない歳……、くらいか」

一気に四歳もかさ上げして、尋ねなおした。

が、実際のところ、ママの歳などどうでもよかった。たとえ五十路《いそじ》に達していようと、ママの美貌《びぼう》に影を落とすものではない。それほどママは美しく、華やいでいる。

「そーさんは、四十ちょうどでしたわね」

「うん、毎年、誕生日は間違いなくやってくるんだが、この数年、おれの肉体年齢は一年一年若返っているようなんだ」

「それは、どういうこと?」

新しいスコッチをグラスに注いだママの視線が、興味深そうに向いた。

「簡単なことさ。奥さんと別居しているだろう。二人はやりたいときだけ会って、やる。そのほかの日は、美しい女性のみを追いかけているから、ようするに、義理マンがない。するといつも、新鮮な男のエネルギーが溜まっていくだけだから、老化していかないのかな」

「いやだわ、義理、マンだなんて」

「同居している夫婦だったら、仕事に疲れたときでも、奥さんにねだられたら、最後の力を振り絞ってでも抱いてやらなければならない。それが夫婦生活の悲しい性《さが》で、辛い日々を送っている亭主族の肉体疲労は、老化を促進するだけになるんだな」

「好き勝手に生きているそーさんは、苦労がないのね」

「だからね、今夜こそチャンスが訪れてこないかと、胸を熱くたぎらせてママに会いにくるんだけれど、ママは実に素っ気なく、おれは寂しく、寒い夜に追い出される、ということさ」

グラスの中に浮いている氷の破片を指先で小突きながら、ママは赤い唇を、小さくゆがめた。

「なにかあったみたいね、そーさんのまわりに。急にわたしの歳なんか聞いたり、愚痴っぽいことを言ったりして」

ずばり言い当てられた。

ウナギの小骨が喉に突き刺さったような不快感は、元尼さんとの一夜を過ごしても、まるで消えてくれないのだ。あのへんてこりんな俳句を認《したた》め、郵送してきた女は、いったい誰なのだ、と。

おれの住所を知っているのだから、なおさらのこと薄気味悪い。

女ストーカーの如く、自分の身辺に、じっとりとまとわりついてくるようで。

「ママのことを、この際、すっぱりとあきらめるか、それとも、最大限の努力を払って、アプローチしつづけるかの瀬戸際に立っているのかな、おれは」

「そのことと、わたしの歳は関係ないでしょう」

ママの口ぶりは、やや憤然としていた。

指摘されればそのとおりで、ママの歳を聞いたのは、ただ単に、話の突破口を開きたいだけだった。

「しかしね、その昔から、女は化け物って、言うだろう。もしもママが未成年の少女だったり、逆に還暦をすぎたおばさんだったら、おれは自動的にあきらめるより仕方がないと思ってね」

「化け物で悪うございました。でも、はっきりと申しあげますけれど、そーさんがわたしのお店に来られるようになってから、たった一度でも、正式にアプローチされたことは、ありませんことよ」

「えっ、なかったたっけ」

「ほらね、大げさなことをおっしゃっているのに、そーさんは真剣に、それから真面目にわたしのことなど考えたことがなかったから、前のことなんか、ぜーんぶお忘れになっているのです。その日の気まぐれで、女をたぶらかすようなことをおっしゃってはいけません」

ぴしゃりと決めつけられた。

ママをたぶらかせたことなど一度もないが、ぐーの音も出ない。

今夜、『しま』の暖簾をくぐったのは、謎の封書の不快感から、いっときでも逃げ出したいから、だった。ぽつねんと一人でベッドに入ったら、ベッドルームのキャビネットに置いてある封筒が、ひらひらと舞って、枕元に落ちてくるかもしれない……、などと、バカな妄想に取りつかれていたからだ。

「おれはね、このところ、いやな被害者意識に取りつかれているんだ。それで十日ほど前、とうとう耐えられなくなって、米倉家の菩提寺になっている川越のお寺に詣《もう》でた。ところが、住職様の体調が思わしくなくて、代理の尼さんが相談相手になってくれたんだが、埒《らち》は明かなかった。思い余って、ママの力にすがろうと考えた、ということ」

「もしかしたら、そーさんの相手をなさった尼様は、とっても美しい女性で、なにも言えなくなったんでしょう」

ママの感は鋭い。

半分くらいは図星だから。

「ママの言うとおり、たいそうな美人尼さんだった。しかし仏門に入って、まだ半年ほどの新米尼さんだったから、おれの苦衷《くちゅう》など、理解できないだろうと、あきらめたが、話のつなぎにしておけば、もう少し、酒の時間が愉しめるかもしれない。
聞いたところで、ママの口から名案が出てくるわけもなかろうと、半分以上あ
が、ママの問いかけは、大真面目だった。
確かな年齢を聞き出そうとした目論見《もくろみ》は、見事にはぐらかされた。
「で、そーさんをそんなに悩ませる原因は、なんなの?」
きらめたんだよ」

を、ママの問いかけは、大真面目だった。


そう判断して、宗佑はカウンターに置いてあったコースターを取った。

裏っ返しにして、ボールペンを走らせる。

『背徳や少し深めの夏ぼうし』

件《くだん》の俳句を書きしるして、ママの前に差し出した。

グラスをカウンターに戻してママは、コースターに見入った。

「これ、俳句でしょう」

「よくわかったな」

「わたしもね、俳句には少しだけ興味があったの」

「へーっ、ママが……」

意外な反応だった。

「何年前だったかしら。まだ父が元気だったころ、わたしにずいぶん古そうな冊子を見せてくれましてね、閑なときに読んでみろと言われたんです」

「その冊子は、なんだったの？」

「正岡子規《まさおかしき》と高浜虚子がお二人で編纂《へんさん》された『ホトトギス』という俳誌でした」

「『ホトトギス』は明治三十年ごろ刊行された俳誌だよ。ママの父上が所蔵されていたのか」

「俳句なんかよくわかりませんけれどね、その中に掲載されていた一句を読んで、わたし、強く、心を打たれました」

「俳句をよく知らないママが？」

ママはもう一枚のコースターを取って、さらさらと認めた。書きなれた様子である。

宗佑はコースターを手にして、読んだ。そこには、

『紫陽花《あじさい》や昨日の誠《まこと》今日の嘘《うそ》』

の文字が並んでいた。正岡子規の名句である。

「わたしなど凡人に、子規先生のお考えは、よくわかりません。でも、わたしの

日々の生活を、この十七文字がすべてを表わしているかもしれないと、感銘しました。こんなお仕事をしていると、誠と嘘が、まるでオセロのようになって、わたしを苦しめたり、悦ばせてくれたりと、ほんとうに目まぐるしくすぎていくのです」

正岡子規は三十四歳の若さで歿《ぼっ》した偉人だったと、宗佑は崇拝していた。が、ママが子規の句に感動したとは、予想外だった。

「この句を改めて読むと、おれの生き様にもあてはまっているかもしれない。そう、ママの言うとおり、おれも誠と嘘の隙間を縫って、なんとか生きのびているようなものだから」

「今夜のそーさんは、嘘なの？　それとも誠ですか」

ママの目の色が変わった。

宗佑の心の奥を探ってくるような。

「誠だよ。しかしおれは口下手だから、すぐに照れてしまって、本心を伝えられないもどかしさがあるんだ」

「ねえ、もう一杯、呑みましょう。今夜はね、気持ちよく酔いたくなりました、そーさんと二人っきりで」

「本格的に酔っ払う前に、ママの誠の歳を聞かせてくれないか。日本の文化には年功序列という厳しい掟《おきて》があるだろう。万が一、おれより歳上だったら、今後、自分の言動に注意する必要がある」

ふたつのグラスを並べたママは、少し多めにスコッチを注いだ。

氷を入れ、水を注す手つきが、ひどくのろまになった。なにかを深刻に思案しているふうな。

「もしわたしが歳上だったら、どうなさるんですか。もう、このお店には来ないとか？」

「いいや、ママの瑞々《みずみず》しい艶姿《あですがた》の発露はどこにあるのかと、今まで以上に、真剣に、そして慎重に探らせてもらうつもりなんだ」

「六つ歳上でも？」

ええっ！　とすると四十六！

熟女などという、凡なる表現は当てはまらない。何年経っても年齢を食っていかない観音様的聖女である。

「驚きましたね。今後、バカな口利きはできない」

「いやだわ。わたしはこんなお仕事をしていても、ごく普通のありふれた女です。

恋愛もするし、失恋もする。悲しいお酒を呑んだり、おいしいお酒をいただくこともある、普通の女なの」

「今夜のお酒の味は?」

宗佑は思いきって問うた。

「おいしいわ。でも、なかなか酔いがまわってこないの。わたし、もしかしたら、緊張しているのかしら」

言いながらママは、少し多めのスコッチを入れた水割りのグラスを、宗佑の前にすべらせた。

待てよ! それじゃ悦び勇んで、いただきますとグラスを掲げては、なんとなく盛りあがってきたこの場の雰囲気が、おしゃかになってしまう。

こうした場合は常々、即断即決を旨としていた。

宗佑の手は素早く動いた。たった今まで、ママが呑んでいたグラスを指に挟むなり、

「今夜の水割りは、格別の味がしますね」

ひと声発して、宗佑は、ぐびぐびっと呷った。

ママの唇の味がグラスの縁に残っていたとは思えない。が、自分のグラスで呑

んでいた水割りより、ずっと甘く感じたことは間違いない。

どきんとした。

なんのためらいもなくママの手が伸びてきて、宗佑が呑んでいたグラスをつかんで、赤い唇に寄せたからだ。宗佑の表情をじっと追いながら、ひと言も発することもなく、ママは静かに喉を鳴らした。

間接キスの完成である。

手にしていたグラスを、ことんとカウンターに戻すなり、ママはにっこり微笑んだ。そして新しいコースターを手にして、なにかを記し、わたしの拙《つたな》い一句を読んでください……。そう言ってママは、コースターを差し出した。

『火照《ほて》る身を色なき風が攫《さら》ひゆく』

宗佑は何度も読みなおした。

滅多に見せたことのない恥じらいの表情を浮かべたママは、空になったグラスを取って、数滴残っていた滴を喉に流しこんだ。

「おれは、色なき風になれないかな。いいや、ぜひなってみたいと、強く念じているんだけれど」

カウンターに向いていたママの両膝が、腰をよじって宗佑に向いた。

思い出してみると、こんな至近距離でママと対座したことはない。ほとんどは、カウンター越しだった。

鼻腔がきれいだ。いや、色っぽい。宗佑の目は妙なところを見つけた。ほんとうにちっぽけなひょうたん型をしている。呼吸をするたび、ほんの少し、膨れたりする肉のうねりが、かわいらしいというのか、女らしいというのか。

「俳句のことを、特別勉強したわけじゃないのよ。でも、『ホトトギス』を何度も読みなおしているうち、わたし自身の悲しさとか、寂しさ、それから、ほんのちょっとしたうれしさも感じて、ときどき、こうして、自分の気持ちを俳句にして、心をまぎらわせていたの」

ママの本心かどうか、わからない。

が、これほど麗しい女性が、俳句を詠むことによってのみ、寂しい気持ちを癒していたとは、心が痛むばかり。

ママの日々を優しく見守ってくれる男はいないの？　率直に聞きたくなったが、宗佑は、口から出かかった言葉を飲みこんだ。

ママの唇がなにかを言いたそうに、半開きになったからだ。ちらっと覗いた小粒の歯並びが、きらきら光ったように見えた。

数秒して、

「そーさんのことを信用して、申しあげます」

ママの口調があらたまった。

どれほど真面目な話をしても、ママの目はいつも笑っていた。ある意味、聞き流されていたし、返ってくる言葉は、おべんちゃらまじりの商売用語になっていた。あなたとは、決して深入りするような関係にはなりませんと、強調していたのだ。

宗佑はそう理解していた。

が、軀の向きを真正面に変えたママの視線は、冷徹なほど醒めていたのである。

宗佑は思わず、腰を引いた。

「おれは今、なにか気にさわることを言ってしまったのかな」

「いいえ、そうじゃありません。このことは、ほかのお客様には、絶対もらさないでくださいませ」

「うん、わかった。おれは口が固いほうだから、安心して」

「あのね、わたし、そう……、四年前のクリスマスに、女を卒業させました」

「えっ、女を卒業させた？」

一般的に女を卒業したという語彙《ごい》は、閉経したのと同義語だと、愛する嫁に聞いたことがあった。

しかし妙だ。女性が閉経する過程は、少しずつその量が減っていったり、間隔が空いたりしていって、いつの間にか生理が終わっていたというのが、通常の閉経である。

が、ママははっきり言った。

四年前のクリスマスに、女を卒業させました、と。

そんなへんてこりんな卒業の仕方など、あり得ない。ある日、ぷつんと途切れるわけもなかろう。

「きっちり女を卒業させることが、あの方への、恩義の証《あかし》と考えたのです」

あっ、そう……。曖昧《あいまい》に答えるしかない。

それに、女を卒業させる、という表現も気にかかる。女を卒業しましたということと、女を卒業させました、では、意味合いが大きく違うのだ。まさか外科的施術で、無理やり閉経させたわけでもあるまい。

たとえば、子宮を摘出したとか。

それに、あの方……、も。

またしてもママの口から出てきた謎のひと言に、宗佑は首を傾げた。ママの言葉づかいからすると、あの方とは、男のようだ。

あっ、そうか。もっとも簡単な推量は、ママの後ろ盾、スポンサーだったのかもしれない。

「もしかしたらその方は、四年前のクリスマスに亡くなった、とか？」

宗佑はずばり聞いた。

うつむき加減だったママの顔が、悲しそうに浮きあがった。目尻にひと滴の涙を浮かべて、だ。悪いことを思い出させてしまったと宗佑は、水の入ったグラスをつかんで飲んだ。

生ぬるくて、ぺっと吐き出したくなるほど、まずかった。

「わたしのことを、十年以上も、ずっと見てくださっていました。精神的にも、経済的にも、それから肉体的にも。なんの苦労もなく、このお店をつづけていけるのは、あの方が残してくださった大きな遺産があったからです。間違いありません」

「それで無理やり女を卒業させて、その人に忠誠、節操を尽くした……、ということですか」

「独り身になってからも、いろいろな方から、お誘いはありました。でも、すべてお断りをして、一人で生きてきたのです」

ちょっと湿っぽいな……。

その結果、寂しい心を癒す方法として、俳句に走っていたとしたら、なおさら暗い。

恩義のある男が歿したのは、四年も前のことじゃないか。

一般的に考えると、三回忌をすぎれば過去を忘れ、ときどき迎える命日は、親交のあった者が三三五五と集まり、酒を酌み交わし、陽気に過去を懐かしむというのが、日本の風習である。

「まだ忘れることができませんか」

哀悼《あいとう》をこめて宗佑は聞いた。

「ですから、最近のわたしの胸のうちは、嘘と誠が交錯して、ときどき、自分の軀が信じられないほど火照っていることに、はっと驚いたりしていたのです」

当たり前だ。

四十六歳の実りきった女体は、観音様の如き聖女であっても、どこからか怪しげな風が吹いてきたら、火照りきった部分に清涼なる風を送りこんで、身を鎮めたいと望むのが普通である。

「ママは笑うかもしれないけれど、四年も昔のクリスマスに亡くなったその人は、最新鋭のスペースシャトルに乗っても届かない、はるか彼方の天空で、のんびりと、こちらの世界を眺めているんじゃないでしょうかね。義理を重んじ、生真面目に生きていくママの姿を、あちらの世界で悦んでいるのかどうか、わかりませんよ」

「天に召されても、あの方とは、心が通じていると信じていました」

「さて、どうでしょうか。万が一にも心が通じていたら、そのお方は、俗世の悦びを充分味わってほしいと、願っていると思いますよ。ママが清い軀でいることを、もしかしたら、悲しんでいるかもしれない」

「えっ、ほんとうに？」

「ママほどの魅力的な女性が、独り寝の辛さ、寂しさに浸っていると知ったら、その人はきっと、こらっ！　登美、もっとそちらの戯びを全身で味わいなさい。天空の生活は、それは味気なくて、つまらない。飯もまずいし空気も薄いんだと、大声で怒鳴っているでしょうね」

「そんなこと、信じられません」

ぼくはね……。ひと言切り出して、宗佑は話をつづけた。

別居結婚している奥さんの浮気を、ぼくは本気で応援しているんです。すばらしい男と巡りあって、身も心も蕩《とろ》けてしまいそうなセックスをやったあと、ぼくの胸元に戻ってきた彼女は、一段と輝いて、われわれ二人は、この世で元気に生きている歓喜を分かちあっていますからね。

嘘も隠し立てもない。

それが米倉夫婦の、真っ正直な生き様なのだから。

「今夜、あの、わたし、風を感じたのです。とても温かな。あなたとお話をしているうちに。ほんとうです。あの方には申しわけないと思いながらも、自分の軀の熱さを消すことができなくなって」

「それで、この句を……?」

コースターに記されたママの即興詩を、宗佑は改めて読んだ。

『火照る身を色なき風が攫ひゆく』。人の心を詠むことを主としている俳人協会風の作品だが、作風の区分けなどより、ママの心情が炎のように表現されている佳作であると、宗佑は、改めて感服した。

「でも、わたしの胸のうちを、どれほど正直に俳句に詠んでも、わたしの軀の火照りは消えてくれません」

　力なく、やや前屈みになっているママの上体を、力任せに抱きしめてあげたい衝動にかられた。助け人はおれしかいないじゃないか、と。が、いざとなると、手も足も出ない。

「ものは試しに、間接じゃなくて、直接でやってみますか」

　今にも、カウンターに突っ伏してしまいそうなほど悩んでいるママにかけた言葉にしては、実に事務的表現だった。が、宗佑にしては、精いっぱいの励ましだったのである。

　案の定、ママの顔が怪訝《けげん》そうに持ちあがった。

「直接って……？」

「いや、その、ついさっきは、二人のグラスを交換して、間接的にお互いの唇を味わったけれど、次は、グラスを仲介しないで、直接ふれあってみたら、どんな味がするのか、と」

「あなたのその申し出は、もしかしたらわたしたちは直接接吻する、ということでしょうか」

「まあ、簡単に言うと、そのとおり」

『火照る身を色なき風が攫ひゆく』と記されたコースターを、いきなり手にしたママは、ぎゅっと握りしめた。コースターは折れて、皺になった。

「そーさんには、奥様がいらっしゃるのでしょう」

改めて問うてきたママの声が、かすれた。

「四年ほど、連れ添っていますよ」

「愛していらっしゃるのね」

「もちろんです。われわれの愛情は不変ですね」

「それでも、わたしと接吻したいと?」

「今の時間、嫁のことなど、爪の垢ほども考えていませんよ。今、ぼくの脳味噌から五臓六腑《ごぞうろっぷ》を勢いよく駆けめぐっている愛情、情念、欲望のすべては、ママに一点集中していますね」

「ほんとうに、奥様のことをお忘れになって?」

「そうでなかったら、ママのことを、本心から愛おしく感じるキスはできないでしょう」

ママの指先がカウンターをすべって、じわりと宗佑ににじり寄った。

そのとき初めて宗佑は気づいた。ママの指には、一本のリングもなかったことを。まさに白魚のような。それに、淡いピンクのマニキュアが、とても似合っている。

すべってきたママの手を、宗佑はごく自然に拾った。しがみついてくる。

宗佑は立ちあがった。

「今夜だけ、奥様のことを忘れて、わたしを愛してくださるんでしょう。だって温かな風は、あなたのお軀から吹いてきたんですもの」

拾った手を引きつける。

和服の裾を乱しながら、ママはよろりと背中を伸ばした。

分厚く感じる帯は邪魔っけだが、宗佑はママの背中を抱きくるめ、顔を寄せた。

「少し酒臭いキスになるけど、我慢してくれますね」

照れ屋の性分は、二年半通って、やっと到来したチャンスに恵まれても、親愛なる情を訴える甘い言葉が出てこない。

「わたしも今夜だけ、あの方のことは、全部忘れます。あとで怒られても、構いません」

「はるか彼方の天空にましますその人が、大いなるジェラシーを感じるくらいの、大接吻の開始ですね」

「あなたって、ほんとうにおもしろい人。大接吻があったら、小接吻もあるんですか。時間はたくさんありますから、大と小を色分けしてお願いします」

ママの目元に柔らかい和みが浮いた。

頬を薄赤く染めて、だ。天空に召された彼の、強い呪縛《じゅばく》から、やっと解放されたのか。いざ接吻を決行する段になって、ママは四年前に、自分の固い意志で卒業させた女の色を、復活させたらしい。

それでよし！　だ。お互い、混じりっけなしの、純なる行為が、人間の快楽を呼びさます。

大だか小だかわからない。あるいは、特注だってある。麗しい女性の肉体には、至るところに接吻ポイントが点在しているのだ。

最初に大から始めましょうか……。ひと言断りを入れて宗佑は、やや上向きになったママの口元に、唇を押しつけた。

(柔らかい……)

ぴたりと粘着したママの唇が。

まるで、強力な接着剤を塗りこんだように、二人の唇は離れなくなった。

それでも宗佑の手は、分厚い帯を避けながら、少しずつ降下していく。

ママの腰がわずかに揺れた。左右に、だ。いや、違った。前後にもうごめいてくる。負けずに宗佑は股間を迫り出した。強く張りついて離れないママの唇から、かすかな悶え声があがった。

四年も封印されていた女体の快楽は、一分も経過しない接吻で、真っ赤に開花したらしい。

やや強引に宗佑は舌先をこじ入れた。

ううっ……。切なそうなうめき声をもらしながらも、ママは唇を開いて、招きいれた。

二人の舌がもつれ合う。おびただしい唾液を往復させながら。

熟したトマトのような味がする。甘さと酸っぱさが、ほどよくミックスされて。

降下していった宗佑の右手が、ママの臀部に到達した。小顔なのに、肉の盛りあがりは、かなり豊かである。さすった。左右に割れたそのちょうど真ん中を、深くえぐっているような谷間に指先をすべり込ませ、上下になぞる。

「あーっ、そ、そーさん！」

舌先のもつれ合いから唇を離して、ママは仰《の》け反《ぞ》った。

「こんなにたっぷりとした魅力的なお臀を、四年間も放置しておいたなんて、ある意味、女の罪ですよ」

「ねっ、ねっ、接吻だけじゃなかったのね」

「大接吻、小接吻、その次は特注接吻もありますからね」

「ええっ、特注って?」

「今になってとぼけても、ぼくは許しませんよ。ママの……、いや、登美さんのお臀の奥は、ぼくの特注キスを待っているようです。その証拠に、着物を素通しにして、熱気が吹きもれてくるんですよ。生ぬるい湿り気を道連れにして、ね」

「あーっ、そんな恥ずかしいことを、はっきりおっしゃらないでください。だって、わたしのお臀がさわられたのは、四年ぶりなんです」

そうか……。最前からのママの言いまわしから判断すると、四年前のクリスマスに旅立ったその人は、突然死だったのかもしれない。亡くなる前日まで二人は、肉体の歓喜を分かちあっていた。

そんな気がする。

できることなら、ちょっと贅沢《ぜいたく》なホテルの一室に誘い、でかいベッドに組み伏せ、帯をほどき、着物の一枚一枚を優しく、ゆっくりと脱がせていきたいところなのだが、今の昂ぶり、今の勢いを中断したら、ママの心中にまたしても、あの人に対する義理立て、節操の心がよみがえってくるかもしれない。

それはまずい。

ますます頑《かたく》なに、身を守ろうとする危険がある。

「登美さん、あちらのテーブル席に行きますか。立ったままじゃ、次の接吻に移れないでしょう」

ママの視線が、四人掛けのテーブル席に向いた。四人掛けにしては大ぶりである。

「あそこへ行って、なにをなさるんですか」

「今、考えているんです。しかし、これほど厚みのあるお臀でも、着物の上からでは、実態がつかめない。一人の男として、実に歯痒《はがゆ》いんです。登美さんがスカートを穿いていたら、今すぐ、めくり上げたいと、ぼくの気持ちはかなり焦っていますよ」

「でも、ねっ、ここはお店です。あなたは、わたしのお臀を、直接さわりたいと考えていらっしゃるのでしょうか」

「今、言ったばかりです。さわるだけじゃありません。特注接吻を果たすまで、ぼくはあきらめませんよ」

ママの上体が、ゆらりと宗佑の胸板に埋もれてきたのだった。

抱きすくめる。

「刺激的だと思いませんか。いつもはお客さんで賑わっているスナックの真ん中で、ぼくたちは今、甘い接吻を交わしたばかりです。人間の欲望は男、女に関係なく、あるときは果てしなく燃えあがるのです。もしかしたら登美さんは、あのテーブルに乗って、着物を脱ぎ、四つん這いになって、ぼくの舌を待つことになるかもしれない。そのときの登美さん自身の姿を想像してください。気持ちよさそうでしょう」

宗佑の胸板に埋もれたまま、ママは手を伸ばしてきた。宗佑の下腹部に、だ。瞬間的に男の肉が、びくんと目を覚ました。トランクスをこすりながら。

ママの指先が忙しげに動いた。

男の肉のうねりを追って。

「あーっ、あなたには勝てません。その代わり、最後まで、わたしの軀の面倒を見てくださいね。途中で放り出されたら、わたし、今日これから、尼寺に駆けこみますからね」

そんなことはさせない。

「結果を見て二人で判断しましょう」

宗佑はママの腰に手をまわし、支えた。

テーブルまで歩いているうち、ママの草履は脱ぎ捨てられ、白い足袋を床にこすりつけていた。

第四章　鶏卵農家のお嬢さん

四人掛けのテーブル席は、天井の片隅に吊るされた照明から少し離れているせいか、カウンター席より薄暗い。

倒れるようにママは、ソファに腰を下ろした。

「このお店も、このテーブルも、それにこのソファもすべて、あの方が揃《そろ》えてくださったんですよ。わたしはやっぱり、あの方を裏切ってしまいました。だって、たった今、あなたとキスをして、あなたの唾をたくさんいただきました。わたしはほんとうに、義理をないがしろにする不誠実な女でした」

一軒のスナックを女手ひとつで切り盛りしているママらしくもない、めそめそした言い訳を、これ以上聞きたくない。かなり衝動的な接吻は、すでに終わっているのだから、今さら後悔しても遅いのだ。

唇のどこかに、キスの痕跡《こんせき》が痛々しく残るわけでもあるまい。

「キスといっても、ちょこっとですよ。しかもお互いの口は、アルコール消毒を充分施して、怪しげな雑菌は死滅しています。したがって、それほど深刻に考えなくてもいいでしょう」

冗談まじりで米倉宗佑は、ママをいたわった。

えっ……！　ソファの背もたれに埋もれていたママの顔が、ひょっこりと浮きあがった。まじまじと宗佑の顔を見つめる。

驚いているのか、あきれているのか。

赤い紅を施した唇を、半開きにして、だ。

「そーさんは、なにがあっても、こだわらない人だったのね」

「こだわらないって、どういうことですか」

「だってわたしは、四年ほど前、あの方が亡くなってから、ずっと貞節を守ってきた女です。ちょこっとのキスでも、わたしにとっては、これからの人生を大きく左右するかもしれない、大事《おおごと》でした。それなのに、あなたは全然気になさっていない」

「そうすると、ぼくと接吻したことを、悔やんでいるとか？」

「…………」

ママは黙ってしまった。半開きになっていた唇を、固く閉じて、だ。

「ママは……、いや、登美さんは自分の軀に、色なき風が当たってきた、そう謡《うた》っていましたね。本心だったと思います。なにかを期待したから、軀が火照り、風を感じたと、ぼくは理解したんです。四年も前に亡くなったその人のことをいつまでも慮《おもんぱか》って、せっかく当たってきた風をそらしてしまうと、登美さんのこれからの人生は、墓場でしかない。つまらないでしょう」

説き伏せながら宗佑は、ママの真横に腰を下ろし、左手を彼女の肩にまわして、やや強引に引きよせた。力ずくである。

まさに朽木《くちき》の如く、ママの上体が、ゆらゆらと倒れてきたのだった。

「あの方以外の男性と、キスをしても?」

「あの接吻は、小ですよ。ぼくでは役不足かもしれないけれど、ママには、この世の生きがいを感じてもらいたい。ぼくは、真剣に考えているんです」

「キスが生きがいですか」

「だから、キスにもいろいろ種類があって、小の次は大になって、気分が乗ってくると、スペシャルに転じる場合もある。スペシャルになると、さまざまなおまけが付帯するんです。どうですか、ちょっと興味が湧いてきたでしょう」

ママは宗佑の胸元に、頰をすり寄せた。

右手の手のひらを、宗佑の太腿に預けながら。媚《こ》びているふうではない。あまり聞きたくない話から、耳をそむけているような。

その一方で、世話になった元スポンサーのことを偲《しの》びながらも、現世に生きる女の、熱い血の通いを制御できなくなったようなしぐさにも見える。

「スペシャルまでいかなくても、あの、大のキスでは、どんなことになるのでしょうか」

ママはしらばっくれている。

宗佑はそう理解した。

四十代の半ばに達した美麗なる女性が、大接吻の内容を、知らないとは言わせない。

「やはり、場所でしょうね、着物で隠されている部分の」

「えっ、場所……？」

「そうです。女性の肉体はいろいろな箇所に、快媚《かいび》のツボを隠しもっているでしょう。そんなことぐらい、ママだって、百も承知しているはずだ」

「もう忘れました。どこにキスをしてもらうと、気持ちよくなったか、なんて。昔の話です」

なんだか固いな、言いまわしが。そんなに、しらばっくれないでくれ。酸《す》いも甘いも知りつくしているはずなのに。

「ママに詳しく説明することはないと思うんだけれど、着物の外に出ている場所としては、耳たぶとか項《うなじ》でしょう。そこを少しでも舐められると、ものすごく、くすぐったくなったりして」

それでも宗佑は、大真面目に答えた。

釣られたようにママは、後れ毛をそっと撫で上げる。そして、ぶるっと身震いした。

「外に出ていない場所って、それは、お着物の内側に隠れているところでしょう」

「そうです。どのへんにあるか、探してみますか」

ママは呆《とぼ》けているらしいから、おれもすっ呆けてやる。宗佑は抑揚のない声で答えた。が、ママの肩を抱いている手には、間違いなく、かなりの力が加わった。これからが本番なのだ、と。

「そーさんは謎かけみたいなことを、いろいろおっしゃって、わたしをからかっているんですね」

「いいや、かなり真剣です。くそ真面目ですよ。ママを相手に、冗談は言っていられない。しかし、ちょっと緊張してきましたね。なにしろ憧《あこが》れの女性を、こうして自分の腕に抱いているんだから」

「憧れの女性だなんて、そんなことをおっしゃらないでください。わたし、本気にしてしまいますよ。あん、それで、わたしはどうすればいいんですか。あんまり、わたしを迷わせないで」

宗佑はしばし考えた。

決め玉はストレートがいいか、それともカーブがいいのか。

が、ママの様子をうかがっていると、大事に守ってきた女の操を、四年ぶりに放棄したいと、願っているふうでもある。事実、宗佑の胸板に預けた上体は、離れていかない。

黙って、好きにしてくださいと、訴えているような。

今、ママにとって肝要なことは、あの世に逝ってしまった元スポンサーの、がんじがらめの呪縛から、一秒でも早く解放してあげることではないか。

それが男の仕事だ。

「帯をほどいてくれませんか」

宗佑はストレート勝負に出た。

「えっ、帯を？　ここで？」

胸板に埋もれていたママの上体が、びくんと弾んで起きあがった。

困惑しきった目つきである。

「スカートとかタンクトップのシャツ姿だったら、探るのも簡単ですけれど、分厚い帯をぎゅうぎゅうに巻いていては、一センチも、手出しができないんですよ」

「それでは、あなたは、わたしのお着物の中に手を伸ばそうと？」

「ぼくの手は、かなり敏感にできあがっているんですが、着物の上からでは、なんにもわからない。唇を押しつけて、気持ちよくなる場所を探すには、ママだって、素肌に直接のほうがいいでしょう」

「それでは、どうしても帯をほどきなさい、と？」

「今から、胸がわくわくしているんです、ママの軀には、いくつのスイートスポットがあるのか。最低限でも七、八箇所は点在しているでしょうね」

「そうしたら、そーさんのお口は、ねっ、わたしの軀の七箇所も八箇所も、キスをしようと考えていらっしゃるんですか」

「見つかり次第。舐めたり、吸ったり、突っついたり」

「いやだ！　あなたの目がどんどん猥《いや》らしくなっていきます。わたしをいじめながら」

「当たり前でしょう。ママの肉体は、下卑《げび》た表現を借りると、いじりごろ、舐めごろ、味わいごろでしょうからね。四十代のど真ん中で、しかも四年もの長きにわたって、誰の手にもふれなかったんだから、甘美に、濃密に熟していると思いますよ。いや、もしかしたら、熟しすぎているかもしれない。さぞや、うまいでしょうね。今から、口の中に唾が溜まってきますよ」

ママの視線が落ちた。

赤紫の帯締めが、きらきら光って見える。

リングの一本も嵌《は》めていない指先が、怖いものでもさわるように、帯締めの結び目に伸びた。唇を嚙みしめ、ゆっくりほどいていく。

あきらめたのか、期待しているのか、よくわからない。

そんな不安そうな顔をしないでくれ。宗佑は願った。

「帯をほどくだけでいいのね」

ママの声には、不安がいっぱい詰まっている。宗佑の耳には、そう聞こえた。

四年も貞操を守ってきた寂しい女の葛藤《かっとう》が、そのひと言に表現されている。こんなことをしてもいいのかしらと、自問自答しているのか。

しかし、熱くたぎってきた自分の肉体を、今となっては抑えきることができなくなってきた。

宗佑はそう理解してやった。

「痛い目に合わせようとしているんじゃないですよ。だから、そんなにおっかなそうな顔をしないでください。ほら、目尻が吊りあがっています。ぼくはそんなに悪人じゃありませんからね」

「そーさんのことを、悪人だなんて、わたし、ひと言も言っていません。でもね、このお店で、帯をほどくなんて、考えてもいなかったことよ。それも、ついさっきまでは、『しま』のお客様だった男性の前で」

「縁は異なものと言うじゃありませんか。それに、われわれはついさっき、甘い接吻を交わした。ぼくの唾を味わってくれたでしょう。ママの唾は、熱をこもらせて、とてもおいしかった。だから、今となっては、まったくの他人というわけじゃないでしょう」

宗佑の言葉が、ママの耳に正しく届いているのかどうか、わからない。

が、のろのろとした手つきで、ママはやっと帯締めをほどいた。

右手を背中にまわす。腰を下ろしたままでは、動きが制限される。それでも小さな衣擦《きぬず》れの音を残して、分厚い帯が、紬らしい着物の腰から、だらりと離れた。剝き身になった薄桃色の帯揚げとだて締めが、妙に色っぽい。

「身軽になったようですね」

まるでいたわりのない言葉を投げて、宗佑はママの全身に視線を這わせた。

帯をほどかせたものの、次はどうすればいいか、迷っている。しかし着物とは実に厄介な衣類であると、宗佑は改めて知った。手を差しこむ隙間がほとんどないのだ。

「登美さん、着物の下はどうなっているんですか。長襦袢《ながじゅばん》とか裾よけを着けているんでしょう」

「お着物まで脱ぎなさい、とか？」

「男の欲目はきりがなくて、申しわけありません。それにね、スイートスポットを探すためには、やはり、着物も邪魔になってきたんですよ。着物を着たままじゃ、自由に手が動いてくれないんです」

「あーっ、そーさんがこんなにわがままな人だったとは、考えてもいませんでしたわ。とってもむずかしい注文を、次々となさってくるんですもの」

「美しい女性の前に出ると、子供のようにわがままになる。ぼくの最大の欠点ですね」

「子供さんは、お着物を脱げなんて、無理なことは言いません」

「そうですかね。お母さんのおっぱいがほしくなった幼児は、母親の襟元を掻きむしるでしょう。あれはわがままの典型です。だから、お願いします」

宗佑は大げさに両手を合わせ、頭を垂れた。

「あなたのおっしゃることを、わたし、どうして、はっきり断れないのかしら。そんなことはできません、と。抵抗できないんです」

「それはね、ひょっとするとママも、着物なんかぽいと脱いで、自分の軀を開放してやりたいと考えているからでしょうね。いや、違いました。ママの五体のいろいろなところが火照ってきて、そこにキスをしてもらいたいと、心底から願っているからじゃないですか。少なくともわれわれの接吻は、初回にしては熱烈、濃厚でした。二人で、お互いの舌を、夢中になって貪っていた……」

長い睫毛をぴくぴくと震わせママは、呼吸を詰めた。指先が急《せ》いている。帯揚げをはずし、だて締めをゆるめていく。

通好みのお洒落《しゃれ》着として人気の高い紬の上前が、わずかな隙間を作った。

洋装のブラウスやスカートを脱いでいくときとは、ひと味もふた味も違う色気が、生温かい香りを道連れにして、狭いテーブル席のまわりにこもった。

「ぼくも手伝いましょう」

美麗なる女性の着物を、一枚一枚脱がせていく過程にしては、宗佑の口から出たひと言は、いたわりがなかった。掃除の後片づけを手伝いますよ……、のような、物言いで。

「あん、手伝ってくださるって、なにを？」

あと数秒後には、着物が脱がされる……。待ったなしの緊急時を迎えているのに、表面上の二人の会話は、味も素っ気もない。

「着物は重そうですね。ブラウスを脱ぐより、ずっと力がいるでしょう」

「ねっ、そーさん。あーっ、わたし、どうしたらいいのかしら。この四年間、わたしの素肌を見た人も、もちろん、さわられたこともなかったわ。裸を見られるなんて、とっても恥ずかしいことでしょう。それなのに、ねっ、軀のあちこちが、とっても熱くなってきて、それに息苦しくなってくるんです」

「そういうときは、人工呼吸をするのも一手でしょね」

言葉の終わらないうちに宗佑は、ソファの上に崩れかけているママの背中をぎゅっと抱きくるめ、二回目の接吻に及んだ。

ううっ……。ママの喉奥からうめき声がもれた。

が、ママの両手は、なにかに取りつかれたように、宗佑の首筋を、ぎゅっと絡めてきたのだった。

わたしを離さないで、とでも言いたげに。

「いいですか、手足を柔らかくしてください。リラックスです」

舌の絡まりをほどいて宗佑は、ささやいた。

「わたしのお着物を、ほんとうに、脱がせるのね、こんな場所で」

「ママだって、ほんとうは待っているでしょう。もしかしたら、着物だけじゃなくて、襦袢も裾よけも」

己の言葉に酔ってしまったのか。

それとも、そのときの状況を明確に想像したのか、トランクスの内側で、男の肉が音を立てるほどの勢いで、迫りあがった。ズボンの膨らみが、ママの軀のどこかを押しつける。

そんなことなど、構っているときではない。

宗佑の手は、忙しく動いた。着物の襟元を広げ、前身ごろを左右に押し開いた。宗佑の視線が右往左往する。着物の前がはだけ、淡いピンクの襦袢と裾よけが顔を覗かせたからだ。

深いV字に切れこむ襦袢の襟元から、生白い肌が浮き出た。テレビの時代劇で、ときどき見たことのある遊女の艶姿に似ている。無言で男の手を誘ってくるような生肌だ。

宗佑の手が、前の割れた着物の内側にすべり込んだ。

シルク製らしい襦袢は、超薄手だった。女体の火照りをもろに伝えてくる。

「今、思い出しましたよ」

「ああっ、なにを?」

宗佑の腕の中に埋もれるように、全身を預けていたママの声が、かすれた。

「ママが詠んだ一句を。火照る身を色なき風が攫ひゆく……、でしたね。襦袢越しに、ママの体温、火照りがぼくの手に伝わってくるんですよ。焼け焦げるほど熱く」

「わたしは、ねっ、悪いことをしているのでしょうか。あの方以外の男性に、こうして抱かれて、キスをしていただいて、その上、お着物を脱いでしまったんです。その上、あーっ、あなたの手が、わたしのウエストを撫でています。それが、ねっ、とっても気持ちよくて、離れられないの。わたしって、やっぱり裏切り者の悪女だったのかもしれない」

ママの心は激しく揺らいでいる。

四年前に亡くなった彼に対する恩義と、今の悦楽の狭間に立って。

「悪女は悪女らしく、今の時間にのめり込んでいったほうが、気持ちの整理がきっちりつくでしょう。さっきも言ったように、昔の彼が天空から怒鳴ってきても、ママの軀に危害が加わるものじゃないし」

「わたしのすべてを、あなたにお任せしても?」

「ぼくはね、学生時代、柔術を学んで、腕っ節には自信があるんです。あの世に逝ったその人が、どんな人だったか知りませんけれど、顔色を変えて舞いもどってきたら、丁重にお願いしてあげます、しばらくの間、島崎登美さんに自由時間を与えてやってください、とね」

「ほんとうに……」

「それでも難くせをつけてきたら、腕力で勝負しますから、安心してください」

ええっ！　驚いて宗佑は、半身を起こしたママを見守った。

両腕に絡まった着物を、ずいぶん乱暴な手つきで脱ぎとったからだ。かなりの高級品だろうが、ママはいい加減にたたんで、ぽいと投げた。床に落ちても知らんぷり。

今の昂ぶりを、どうしても抑えられないような稀有《けう》な姿に映ってくる。

やっと心が決まったのか。女の情欲を、どうしても打ち消すことができないような。

宗佑は改めて、薄桃色の襦袢と裾よけだけになったママの全身に、目を配った。お世辞ではなく、実に婀娜《あだ》っぽい。成熟した女の小粋さを、全身で表わしてくるのだ。エナメル製らしい草履を捨てて、白足袋だけになっている足首までが、なんだか、とても艶《なま》めかしい。

そうか！　宗佑は己を叱った。

おれはまだ、ジャケットも着たままだった。いい加減な口車に乗せ、ママを裸にさせたというのに。

呼吸をつめて宗佑は、すくっと立ちあがった。

「あっ、どこへ？」

手を伸ばし、ママは不安そうに問いかけた。

「ママの熱気をもらって、ぼくの軀も、急に火照ってきたんです。かっか、とね。こうした場合は、さっさと洋服を脱げばいいと、今、気づいたんですよ」

「それじゃ、あなたも裸に?」

「よろしいですか」

ママの返事も待たず、宗佑はジャケットを脱ぎ、四十《しじゅう》のおっさんが着るには、ちょっと派手な色あいのスポーツシャツを、腕から抜いた。そして、すぐさま肌着を頭から取り去った。

「そんなにさっさと脱がないでください。びっくりするでしょう。わたし、なにもできません。でも、あなたの軀は大きかったのですね。胸のまわりも分厚くて」

「頑丈に産んでくれた両親に、感謝していますよ」

適当に答えながら宗佑は、靴を脱ぎ、ソックスを取り払うなり、ズボンのファスナーを引きおろした。

ママの指先が唇を押さえた。どうやら、口から飛び出しそうになった叫び声を、必死に飲みこんだらしい。

一気にズボンを下げる。

残るは、縦縞《たてじま》模様のトランクス一枚。

かなり緊張しているのに、男の肉は八分咲きまで開花して、トランクスを盛りあげているのだ。

指先で唇を押さえたまま、ママの視線は、ほぼ裸になった宗佑の頭のてっぺんから爪先まで、幾度となく往復する。

「ねっ、ねっ、どうしてあなたも、裸に？」

ママの声は途切れがちになっていく。

「ぼくの軀にも、いくつかの官能ポイントがあって、ママに探してもらいたくなったんでしょうか。そのポイントに舌をあてがわれると……、いや、そんなまどろっこしい言い方ではなく、そのポイントを舐められると、だらしのない声を発してしまうんですね」

「それでは、わたしに、そのポイントを探せ、とでも？」

「お願いできますか。その際は、トランクスも脱いでしまいます」

「でも、ねっ、大きくなっているようです。パンツが膨らんでいます」

「しょうがないです。襦袢だけになったママを見ていたら、勝手に大きくなってしまったんですね」

「恥ずかしくないんですか、パンツまで脱いでも」

「これで、男の肉がちんまりと縮こまっていたら、猛烈に恥ずかしくなるでしょうね。しかし今のところ、それなりに、元気に勃ちあがっていますから、誉めてやっているんです。ママに直接見られても、でかくなったままでいろよ。決して縮こまってはならんぞ、と」

「あなたは、ほんとうに愉しい人。わたしたちは今、とってても危ないことをしているというのに、笑っていらっしゃる。なにをしても、全然、屈託がないんですもの。奔放です。少年の気持ちのまま、大人になってしまった殿方のようで」

「呑む、食べる、仕事をする、女性と戯《あそ》ぶ……、すべて明るく、元気にこなしていくことが、ぼくの人生哲学なんです。ママほど美しい女性と、こうして裸のお付き合いをしようとするとき、しんねりむっつりじゃ、男の悦びが半減するでしょう」

ええい、これ以上は問答無用と、宗佑はひと息にトランクスを引き下げた。

ママの眼《まなこ》が、引き攣れたように、かっと見開いた。

唇の端をぴくぴく震わせて。

「あーっ、米倉様、いいえ、宗佑様……、わたし眩暈《めまい》しています。目の毒です。それを、早くしまってください」

名前の呼び方も忘れてしまうほど、ママは吾《われ》を忘れてしまったらしい。

言葉を継ぎ足しながら、顔を伏せる。

「汚いですか、ぼくの軀は」

宗佑は問いなおした。

「いいえ、汚いとか、そんなことじゃなくて、大きすぎます」

それほどでかいと、うぬぼれてはいない。中の上あたりだ。うな重だったら竹クラスである。

「ママの艶姿を目にして、いつもより張りきっているようですが、普通サイズですよ。さあ、そんなに目を伏せないで、見てやってください。こいつも精いっぱい膨張しているようですから」

トランクスも脱ぎ捨てた素っ裸を、半歩前進させて、宗佑はママの眼前に向かって、股間を迫り出した。

ママの両手が目を覆った。

大げさすぎる。カマトトぶってはいけない。お互い、見るべきところはきっちり正視することが、こうした場合のエチケットでしょう、と。

「さあ、その目隠しはやめてください。こいつはかなり踏んばっているのです。満身の力をこめて。ママの視線を正面から感じると、一段とでかくなっていくと思いますよ」

「でも、あーっ、そんなに近寄らないでください。目を隠していても、あの、匂ってくるのです」

「えっ、不潔っぽそうな匂いですか。これは失礼。濡れたお絞りで拭《ふ》いたほうがよろしいでしょうか」

「そんなに次々と、いろいろと、あの……、言わないでください。不潔だなんて、ひと言も申しておりませんでしょう」

「しかし、匂ってくるからと、ママは顔を伏せてしまった」

「違います。磯の香りのような、お元気そうな、とてもお若い香りです。でも、近すぎるんです。匂いだけじゃありません。あなたのお肌のぬくもりも伝わってきて、わたしの胸が、苦しくなるほど高鳴っています。心臓の鼓動が、どんどん強くなっていくんですよ」

それはいけない。巨大化した男の肉を目撃した結果、ママの心臓が暴発し、救急車を呼ばなければならない事態に立ち至ったら、『しま』はただちに店仕舞いしなければならない。

宗佑は素っ裸のままカウンターに走って、飲み残しの水を口いっぱいに含んで、ママのもとに戻った。

すぐさまママの頭を抱きかかえ、唇を重ねた。とろとろと口移し。

ママの喉が鳴った。

ああっ、おいっ！　いつの間にかママの手が、強靭《きょうじん》に勃起する男の肉の筒の部分を、しっかり握りしめていたのだ。

すべての水がママの口に流れこんでいったことを見届け、宗佑はちょっぴりはにかんだ笑みを、ママに投げた。

気付けの水が効いたらしい。

しょぼしょぼだった瞼が、しゃっきり見開いた。が、次の瞬間、ママははっとした目つきになって、自分の手元に視線を向けた。

「あっ、ねっ、あーっ、わたしったら」

わけのわからない擬音語を発して、あわてふためいた。行き場を失っていたもう一方の手で襦袢の襟元をつまんで、閉じたりして、うろたえる。

自分の顔に迫ってきた男の肉に驚愕《きょうがく》し、胸騒ぎを起こし、一瞬でも気を失いかけたとき、助けを求め、つい、近場にあった男の肉に、しがみついてしまったのだろう。

四十代半ばの人生経験豊富な女性にしては、ちょっとそそっかしくて、笑ってしまう。

が、宗佑にしてみれば、もっけの幸いだった。

「どうですか、握り心地は？」

できるだけ平穏な声で、ママに聞いた。

「ご、ごめんなさい。知らなかったんです。あーっ、わたしとしたことが、こんなはしたないことをやってしまって」

大いに反省しているようだが、ママの手は離れていかない。

それどころか、握り心地を確かめるかのように、肉筒を巻いた指に、力をこめたり、ゆるめたりするのだ。

「それほど太いほうじゃないでしょう。でも、ママの指は最高です。ぼくは幸せです。ほら、しっかり見てください。ぼくの肉は赤く腫れているでしょう。ほっそりとしたママの指は生白くて、そうだ、小さな白蛇が巻きついているようで、とても猥らしい」

「それが、あの、離したいのに、離れないんです。あなたのお肉は、脈を打っているんですよ。離そうとすると、びくんびくんと弾んで、わたしの指にくっついてきます」

「悪い奴ですね。もしかしたら、こいつはママに甘えて、おねだりしているのかもしれない」

「えっ、おねだり、って？」

「キスをしてほしい、と。わかりやすく言うと、フェラをしてくださいと、お願いしているんですね。実にわがままな奴なんです。ほら、涙を流して、おねだりしているでしょう」

　ここは一気呵成《いっきかせい》の攻めどころ。

きゅっと握りしめられた男の肉の先端から、都合のいいことに、ひと滴の先漏れの粘液が滲んできたのだ。

　ママの目尻がよじれた。笑ったのか、泣いているのかよくわからない。

じっと見あげてくる瞳を、八重桜の色に染めて。

「あなたはやっぱり、わがままな坊やだったのね。わたしを、こんなに困らせて」

「こんなに優しく、愛おしそうに握られたら、次をお願いしたくなるのが、普通でしょう」

「わたしが悪かったのね。だって、ほんとうに、くらくらっと眩暈したんですよ。それで、つい、夢中になって、つかんでしまったんです。でもね、わたしの手に、逞しいあなたの力が、ぴくぴく伝わってきて、離れたくないらしいの」

「こいつは感動しているんです。もし、キスをしてもらったら、ますます勢いづいていくでしょね」

「ああん、これ以上元気になったら、なにをなさるんですか」

「わかりきったことですよ。薄い布でも、邪魔なだけでしょう。襦袢と裾よけを払いのけて、そうだ！　テーブルの上で四つん這いになってもらいましょうか。そうしたら、ぼくの口は、ママのお臀の真後ろにくっついて、舌を突き出す。ぼくの舌はどこに行きつくか、詳しく説明することもありませんね」

言葉の終わらないうちだった。

ママの顔が、筒先に向かって急接近した。

肉筒の真ん中あたりを握っていたママの指に、力がこもった。

「今、あなたがおっしゃったことを、忘れないでくださいね」

ひと言残したママの赤い唇が、一瞬のうちに男の肉の先端に粘着した。筒先の薄い皮膚に、赤い紅が染みていく。

ぐぶぐぶっと飲みこまれていく。長さが二十センチ弱であると推計していた。他と比較して、それほど長尺とは思っていなかったが、最大勃起時は、長さが二十センチ弱であると推計していた。

そいつのほぼ根元まで、ママの口内に没したのだった。

肉筒のまわりに粘ついてくる生温かい粘膜が、うごめいた。舌だ。少しざらついた感触が、裏筋を這ったり、笠の周囲を舐めまわしたり。

舌が動くたび、筒先が跳ねあがる。ママの上顎を小突きあげながら。

ややっ！　四年もの間、空閨《くうけい》の寂しさに甘んじていたママなのに、熟女の技を忘れていなかったらしい。もう片方の手が伸びてきて、きゅんとしこってしまった男の袋を、真下から支えもち、柔らかく揉んでくるのだった。

刺激が強すぎる。

もう止められない。

宗佑の手が、やや乱暴に動いた。手をいっぱいに伸ばして、襦袢の紐をほどいた。はらりと前が割れた。ブラジャーなどという、無粋な洋物下着はもちろん、端くれもない。

（これは立派！）

ふたつの肉の隆起が釣り鐘型になって、ゆらりと盛りあがったのだ。

やや大きめの、表面張力したような乳暈は赤茶で、ぴくんと尖った乳首は、鮮やかな朱に染まっていた。

「ママ、約束どおり、テーブルに乗って、犬這いになってくれませんか。お臀を高く掲げてですよ。恥ずかしがってはいけません。この部屋には二人だけしかいないんです。ママの肉体は四年ぶりに男を迎えるんでしょう。長い時間閉じこめられていたママの、女の欲を、全部発散させてほしいですね」

「それでは裾よけも、脱ぐんですか」

男の肉から口を離したママの声は、小刻みに震えていた。

「最後の一枚は、ぼくの好きにさせてください」

「あなたの好き、って？」

「ママはお臀を掲げて、犬這いになる。そのときぼくは、ママの真後ろに構えて、ぱっと裾よけをめくり上げる。猥らしいでしょうね、ママのお臀が丸出しになるんですから。ママの手で脱いでもらうより、ずっと刺激的です」

ママの瞳が、きらりと輝いたように見えた。

さまざまな雑念が、すべて取り払われたのか。世話になったあの人への、恩義や節操などが、やっと払拭《ふっしょく》されたらしい。

釣り鐘型の乳房が、ゆらりと揺れた。

両手をテーブルに置くなり、ママは這いあがった。

思わず宗佑は生唾を飲んだ。薄手の裾よけに、ママの臀部がまあるく滲んで、浮かんだからだ。全裸よりずっと悩ましい。

「ママ、すばらしい！　ママの軀は。ぼくの気持ちを、めらめらと焚きつけてきましたよ」

「ねっ、四つん這いになったわ。あーっ、こんなところで、わたしは裸になって、あなたにお臀を向けているんです。じーんと熱くなってくるわ。ねっ、わたしのお臀の奥のほうが」

宗佑はママの真後ろに飛び乗った。

両膝をついて、頭を低くし、しゃがみ込む。おれだって、こんな場所で、裾よけに伸ばした手が、かすかに震える。裾よけをめくり上げたことなど、一度もないんだ。

大きく深呼吸をして宗佑は、思いきってめくった。

すべてが丸見え……。

豊かに実った臀部は艶やかで、どーんと眼前に迫ってきたのだ。

まばたきをしながら宗佑は、目を凝らした。左右に開いた太腿の奥に、ひっそりとその姿を見せた黒い翳が、かすかに揺れた。いや、なびいたのか。

もしかしたら、ママの股奥に埋めこまれている二枚の粘膜が、昂奮のあまりうごめき、左右に割れて、膣道の奥から、色なき風がそよと吹きもれてきたのかもしれない。

その結果、黒い翳がかすかに揺れた……。

たまらない欲望が、全身を駆けめぐった。男の肉はさらに迫りあがり、先漏れの粘液が筒先を濡らした。

おれの経験は未熟だったのかもしれない。

宗佑は自分を責めた。

その感覚は、二十年も前、初めて女性の局部を目にしたときの衝撃と似ている。おれはなぜ、こんなに昂奮するのだと、不思議になるほど。

「ママ、ごめん。ぼくは急に危なくなって、一秒でも早く、その……、ママの膣《なか》に入っていきたくなったんだけれど」

「危ない、って？」

四つん這いになっていたママは首筋をよじって、振り向いてきた。

「情けないことに、もれてしまいそうになって。ママの裸が、刺激的すぎたのかもしれない」

理由を説明している時間も、省きたくなった。

半身を起こすなり宗佑は、ママのウエストを抱きかかえ、反転させた。

ああっ！　ほんとうに、どうなさったんですか……。ママは声を荒らげた。が、宗佑はママを仰向けに寝かせるなり、たった一枚残っていた裾よけの結び目を、ひったくるようにほどいた。

裾よけの前が開いた。

生白い全裸が仰臥する。

股間の丘に茂る黒い毛の群がりが、宗佑の昂奮をさらに焚きつけた。

「ママ、ごめん」

もう一度詫《わ》びて宗佑は、ママの真上に覆いかぶさった。

「ねっ、入ってきたいのね、わたしの膣《なか》に。いいのよ、わたしも待っていたわ。あーっ、きて、入ってきて。一番奥までよ」

切れ切れの声を発したママの太腿が、ぐぐっと左右に開いた。そして宗佑の腰に巻きつけた。

無我夢中。おれはどうしてこんなに先を急ぐのだ。時間はたっぷりあるというのに。

はっと気づいた。ママは六つも歳上の姉さんだった。どこかに男の甘えがあったかもしれない。姉さんだったら、弟のわがままを、笑って許してくれる、と。

「それでね、そんなに長い時間、持たないかもしれない。こんなことは初めてなんだ。自分勝手にやってしまって。ママより先にいってしまいそうだ」

腰をつかい、筒先で肉の裂け目を探した。

「いいの、時間なんか関係ないでしょう。入ってきて、すぐでもいいのよ。でも、外に出したら、いや。ひと滴も残さず、ねっ、わたしの膣《なか》にちょうだい」

申し合わせたように、二人の唇が重なった。

舌が絡みあう。上の口と下の口が、セットされたようにうごめき、うねり、粘りあう。唇の端からこぼれそうになったママの唾を、つつっと吸いあげる。

かなり頑丈そうにできていたテーブルが、二人の肉体が揉みあうたび、ぎしっ、ぎしっと軋《きし》むのだ。ぴったりと張りついたママの乳房から、激しい動悸《どうき》が伝わってくる。

　宗佑は腰を突き出した。

　狭い。さらに深く潜りこんでいこうとする筒先を押しかえすように、複雑に絡む襞がまとわりついてくる。仕方がない。四年も使用されていなかったのだ。膣道が収縮していたのだろう。無理やり押しこんだ。

「痛くないでしょうね。あのね、窮屈なんだ、ママの肉は」

　唇を離して宗佑は言った。

「いいえ、痛くありません。あーっ、入ってくるわ、わたしのお肉を押しこねて。気持ちいいの。あなたに貫かれていく感じになって」

　ママの声が、だんだん細くなっていく。

　歓喜に耐えているのか、ほっそりとした首筋を仰け反らして。

　挿入して二分と経っていない。が、宗佑の股間の奥に、強い脈動が奔《はし》った。心地よい痺《しび》れを伴って、だ。

　噴射の兆しだ。男の袋が、きゅーんと収縮していく。

「ママ、もう、だめみたいだ。勝手なことをやって、ごめんなさい」

　息が弾む。

「いいのよ。わたしのことなんか考えないで、ねっ、いつでもいいのよ。わたしも、あーっ、もうすぐみたい」

「一緒にいってくれるんだね」

「ありがとう。あなたは、わたしを生き返らせてくれたわ。素敵、素敵よ。ああっ、出して、いっぱい。わたしの膣《なか》に……」

宗佑の背中を抱きくるんでいたママの両手から、一瞬のうちに力が抜けていった。かっと見開いていた瞳を、静かに閉じて。

次の瞬間、自分でも驚くほど大量の男のエキスが、噴き出していったのだった。……一分だったのか、それとも二分だったのか、宗佑はまどろんだ。事が終わって意識を失ったことなど、一度もなかったことなのに、宗佑は誰かに肩を叩かれ、はっと目が覚めた。

肩を叩いてきたのは、真下に組み伏せていたママだった。

「そーさん、今、わたし、一句詠みました。ねっ、読んでくださるでしょう」

いささか恥ずかしい。男の自分が意識朦朧《もうろう》となっていたのに、ママは俳句を詠んでいたのだ。

宗佑の下から抜け出したママは、ああっ！　襦袢も着けず、カウンターに走ったのだ。丸出しの臀がぷりんぷりんと揺れた。男のエキスをすべて放出した男の感性は素っ気ない。

追いかけるのも面倒なのだ。今は、もう少し寝ていたい。

それでも宗佑は、やっとの思いでカウンターに歩いた。

「これ読んでください」

ママは嬉々《きき》とした声で言い、コースターを差し出してきた。宗佑はやや寝ぼけた目をコースターに向けた。

『夜長かな溢れるものを掬《すく》ひたし』

意味深なる一句から、宗佑はしばし目を離すこともできなかった。自分の体内にたった今入ってきた男の体液を、指先で掬い出し、もう一度味わってみたい……という意味がこめられているのかもしれない、と。

それから一週間ほどした月曜日の夕方。

浅間亭の店先に、一台の軽トラが停まった。運転台から勢いよく飛び出してきたのは、濃紺の野球帽をかぶった若い女性だった。

「おや、今日はお嬢さんが来てくれましたか」

たまたま店先に出ていた宗佑は、気軽に声をかけた。軽トラから出てきたのは、柳沢《やなぎさわ》鶏卵農家の娘さんである。二、三度、顔を合わせたことがあった。

が、声をかけた宗佑を目にして、彼女はびくっとして、顔を伏せた。彼女の正しい名前も年齢も知らない。

野球帽の後ろに長く垂らした髪は、柔らかそうな漆黒だった。

最近の女子プロゴルファーたちの、定番スタイルだ。

地味っぽいTシャツにジーパン、白いスニーカーというラフなファッションが、非常に若々しく映ってくる。

浅間亭の名物メニューである特大オムライスに使用する卵は、栃木県にある柳沢鶏卵からの産地直送で、三日に一度の割合で、生みたての卵を届けてくれるシステムを作ったのは、宗佑の父親である祐一郎の努力だった。

いつ、どこで生んだかわからないような卵を、浅間亭の大事なお客さんに供しては、店の恥だ。父親がどのような手づるで柳沢鶏卵を見つけてきたのか知らなかったが、浅間亭と柳沢鶏卵との契約は、十数年前からだと、宗佑は聞いていた。

卵を届けてくれるのは、いつも長男の慎一《しんいち》君で、娘さんが来てくれるのは、珍しい。

「栃木からだと結構、時間がかかるでしょう、ご苦労さま」

いたわりの声をかけて宗佑は、軽トラのすぐ横まで歩いた。

「いいえ、すみません。兄は今日、朝から畑仕事に出ていて、疲れていましたので、わたしが代わりに配達に来ました」

顔を伏せたまま、娘さんは言い訳をした。

「へーっ、畑仕事を……？」

「はい。お野菜を作っています。兄の作ったお野菜も産地直送で、スーパーなどで販売しているんです」

相変わらず顔を上げようともしないで、娘さんは兄の副業を説明した。

「そうだ、時間があったら、コーヒーでも飲んでいきませんか。おいしいケーキを揃えている店が、すぐそこにあるから」

「えっ、ご馳走してくださるんですか」

そのときになって初めて、ツバの長い野球帽をほんの少しあみだにして、彼女はうれしそうな声で答えた。

日焼けした顔は、健康そうな艶を浮かせている。

ひと言で表現するなら、目元や唇にあどけなさが少し残っていて、かわいらしい。田舎育ちの純なる面立ちから察すると、二十歳《はたち》前後かもしれない。

「それじゃ、行こうか」

腕を組んで歩いたら、父娘《おやこ》と間違えられても、おかしくない。

浅間亭から二百メートルほど歩いたところにあるコーヒーショップは、宗佑の行きつけの店で、マスターとは懇意にしている。嫁とは斬新なるアイディアで合意し、幸せな別居結婚中であることも、詳しく伝えてあった。

ドアを開けると、ちりんちりんと鈴の音が響いて、マスターは誰彼なしに声をかける。らっしゃい！　と。生まれも育ちも東京で、気風のいい江戸弁は威勢がよろしい。

珍しく女性を連れてきた宗佑に向かってマスターは、こっそり右手の小指を突き出した。これほどあどけない女の子を、彼女かと聞かれて、悪い気はしない。

「スペシャル・コーヒーをふたつに、特注のケーキをつけてくれないか。この子は甘党なんだ」

しまった！　名前くらい聞いておいたほうがよかったと後悔したが、マスターは聞き流している。

小さなテーブルを挟んで座った。

すぐに出てきた水をひと口飲んで宗佑は、彼女の表情を見なおした。田舎育ちの娘さんというより、頭の回転が効くお嬢さんと呼んだほうが適切かもしれない。

「柳沢鶏卵さんとは、長年のお付き合いなんだ。お兄さんの代わりに、ときどき卵を届けてもらう手前もあるから、お嬢さんの名前を教えてくれませんか。名前を呼んだほうが、話しやすいこともあるからさ」

「笑わないでください」

わりと真面目顔になって、彼女も小声で注文をつけた。

目が大きい。農家の手伝いをしているせいもあってか、薄《う》っすらと日焼けした顔色が、この子のチャーミングポイントにもなっている。化粧をしているところは、ぽっちゃりとした唇に、透明のピンクのルージュを塗っているところ、くらいか。

「女性の名前を聞いて、笑ったりしたら、失礼だろう」

「あの、らん……、です」

「えっ、らんさん?」

「はい。父は鶏卵のお仕事で、兄とわたしを育ててくれました。それで、わたしが産まれたとき、父は母に言ったそうです。卵に感謝して、この娘の名を卵としたい、と」

「へーっ、卵さんね。悪くないと思うよ。誰にでもすぐ覚えてもらえる。ぼくは宗佑で、宗一《そういち》とか宗太《そうた》とか、間違われることが多いんだ。その点、卵さんだったら、絶対忘れないだろうな」

「からかわないでください。名前はわたしの一生につきまとってくるものです。母もそのとき、父に抗議したそうです。卵じゃこの子がかわいそう、と」

「それで、お父さんは、どうしたの？　お母さんからの抗議じゃ、ごり押しすることもできなかっただろうし」

「父は一生懸命考えたそうです。それで思いついたのが、卵を、らんと読んで、名付けたんですって。母が加えたそうです。文字はぜひ平仮名にしてやってください。漢字で卵じゃ、この子は、いじめられっ子になります、って」

「そうすると正しい姓名は、柳沢らん、さん」

「おかしいでしょう、らん、なんて」

「そうでもない。四十年以上も前のことだけど、アイドルタレントで、ものすごい人気のあったキャンディーズというグループがいた。その中の一人は伊藤蘭《いとうらん》さんで、ほら、今は俳優の水谷豊《みずたにゆたか》の奥さんになっている。もちろん、直接会ったことはないんだけれど、らんちゃんは伊藤蘭さんに、どこか似ている気もするな」

「えっ、ほんとうですか」

「その当時のビデオが、テレビで再放映されることがあるんだけれど、いつも超ミニのスカートで、それが彼女たちのセールスポイントだったらしい。らんちゃんもきっと、ミニスカートが似合うだろうな。足も長そうだから」

ついつい口がすべった。宗佑はあわててコーヒーを口に運んでごまかした。中年おじさんはときどき、口は災いの元を実証する。しかもこんなにかわいらしい女の子を相手に。

「鶏舎でお仕事をしているとき、スカートは穿けません。車を運転しているときも、です」

「いや、ごめん。久しぶりにらんちゃんに会って、おじさんの気分は昂揚しているのかもしれない」

「えっ、昂揚……?」

「若いエネルギーをもらっているせいかな」

宗佑の語り口調は照れもまじって、どんどんおじさんぽくなっていく。考えてみると、二十歳前後の若いお嬢さんと、二人っきりでコーヒーを飲んだのは、何年ぶりのことだろうか。

「それで、お兄さんの慎一君は最近、野菜作りに励んでいるとか」

宗佑はあわてて話を元に戻した。

「はい。レタス、キャベツ、大根、ナス、きゅうりなどを栽培しています。スーパーでは人気があるんです。お値段も安くしていますから。だって新米のお百姓さんでしょう」

そのときになってやっと、彼女の目元にうれしそうな笑いが浮いた。とても人懐っこい。

「天候の加減で、野菜の値段が乱高下する。浅間亭の漬け物も、できるだけ新鮮な野菜を使うようにしているんだけれど、思うように手に入らないこともあるんだ」

「はい。兄は苦労しています。もう少し広い畑があったら、いろいろ工夫することができるけれど、限られた土地では実験ができない、とか」

この子は兄想いの優しい女の子だった。

彼女の言葉尻に、微笑みたいような兄妹《きょうだい》愛が滲んでいる。

あっ、そうだ！　宗佑は突然として、大声を発した。向かいの椅子に座っていたお嬢さんが、手にしていたコーヒーカップを落としそうになるほど、びっくりした表情になって。

「どうしたんですか、急に大きな声を出して」

彼女の声まで甲高くなった。

宗佑は半身を乗り出した。

「今、らんちゃんは、慎一君が土地のことで苦労している、と言っていたね」

「はい、狭いらしいんです。栃木でも広い土地を借りるとなると、レンタル料が高いそうです」

「ちょっと足を伸ばすことになるけど、慎一君に無料の土地をお貸ししようかと、今、急に思いついて、ね」

「ええっ、タダで、ですか」

「ぼくの祖父が山梨県の清里に、広い土地を持っていた。三、四百坪はあると思うよ。今は更地《さらち》で、誰も使っていない。関東の平野部が酷暑にさらされている夏場でも、八ヶ岳連峰の夏はとても涼しいんだ。祖父が元気だったころは、遊び半分の家庭菜園をやっていたらしい」

「それじゃ今は、荒れ放題とか？」

「いや、その土地には父親がログハウスを建てて、夏場は泊まりがけの句会をやっていますよ。だから近所の人に、土地の管理をやってもらっているんだ」

「その土地を、兄に貸してくださるんですか」

「お金は一円もいらない。ログハウスも自由に使ってもらっていい。その代わり、草刈りとハウスの掃除をやってほしいだけ」

「店長も清里にいらっしゃるんでしょう」

「たまに、句会のさばきをやることもあってね」

「さばきって、司会のことでしょう」

「よく知っているね。まあ、清里の集まりは、句会が終わったあと、庭でバーベキューをやりながらの、呑み会が愉しいから、ぼくが清里に行くのは、呑み会に参加したいだけのことかもしれない」

「わたしも行ってみたくなりました。お酒は少し呑みますけれど、句会の様子を拝見したいと思っているんです」

「へーっ、俳句にも興味があるんだ、らんちゃんは」

「この前、本屋さんで見つけました、俳句の本を。俳句の作り方が全然わからない人でも、すぐに一句できますって、表紙に書かれていて、わたし、買って読みました」

この若さで、健康そうに日焼けした面立ちを目にしていると、俳句とはまるで縁のない女性に映ってくる。

「よしっ、それじゃ、らんちゃんの時間が空いたとき、清里に行ってみようか。慎一君に提供する土地を見てもらって、それから清里のうまいアイスクリームを舐めながら、俳句の勉強会をやる……、っていう計画は、どうかな」

「店長とわたしの、二人っきりで?」

ほんのわずか彼女の眉《まゆ》に、ためらいが奔った。

それもそうだろう。過去の面識は二、三度で、時間にすると数分だった。挨拶を交わす程度の。

彼女の目からすると、ちょっとおっかなそうなおじさんに映っているかもしれない。そのおじさんに、いきなり清里行きを誘われたら、後ずさりしたくなるのは当たり前だ。

「二人だけじゃ、いやか。心配だったら、この店のマスターを誘ってもいいよ。あの人も、今の時期、閑を持て余しているようだから、らんちゃんから誘ってあげたら、尻尾《しっぽ》を振ってついてくると思うよ」

お嬢さんの視線が、カウンターの中で所在無げに、カップを拭いているマスターに向いた。彼女は数秒、考えた。

「いえ、わたし一人を連れていってください。土地のことより、俳句の詠み方を教えていただきたいと思っているんです。だって、句会の先生に個人教授をしていただくチャンスは、そんなにありません」

いくらか頰を紅潮させ、お嬢さんはきっぱり言いきった。

それまで、自分の娘か妹を誘っているような、気楽な気持ちでいたが、なぜか急に、宗佑は理由のはっきりしない胸騒ぎを覚えた。

冬到来を間近にする今の時期、清里の夜はしんしんと冷えこむこともある。

ログハウスには薪《まき》ストーブが備えられていた。

赤々と燃える薪の炎は、うまいワインが肴になって、ときにムーディな雰囲気を醸すこともある。

(無事な一夜がすごせるだろうか)

しかし言い出しっぺは自分だった。

今になって、やめようとは言い出せない。

「それじゃ、らんちゃんの都合のいい日を見つけたら、連絡しなさい。ぼくの車で行こう」

腰を据えて宗佑は言い放った。

お嬢さんの頬が、一段と赤く染まった。

「わたし、店長に……、いえ、俳句の先生にお話ししたいことがあったんです。わたし、今年の誕生日で二十一歳になりましたけれど、これでも女の悩みのような考えはあるんです。だって、いくら自分に問いかけても、ただしい答えが返ってこないんです」

教えてほしいこと……？

宗佑は腹の中で反芻《はんすう》した。が、そんな短いひと言で、彼女の悩みなどわかるはずもなかった。

第五章　男の力の見せどころ

山梨県北杜《ほくと》市にある高原の里・清里は、東京から中央道を走って、小淵沢《こぶちざわ》インターチェンジで下り、そこから三十分ほどの位置にある。

祖父が所有していた別荘地に着いたのは、午後の二時をすぎたばかりで、秋の陽射しはまだ高かった。

平屋建てのログハウスの前で車を降りた。

「素敵です。空が青く澄みわたって、心の奥底まで洗われていくようです」

柳沢らんは、万歳するように両手を高く掲げ、さも気持ちよさそうに、深く息を吸った。

この地の清々しさは、慣れているつもりの米倉宗佑でも、清新な空気を胸いっぱい吸うと、大げさではなく、生き返ったような気分に浸る。

今日はまた格別。連れてきた女性は、二十歳前後の若さだし、真っ白なセーターと花柄模様のミニスカートが、とても似合っている。それでも彼女は、黒い野球帽を目深にかぶっていた。

どうやら、野球帽ファッションがお気に入りのようである。

「ぼくの祖父は、山が好きだったんですね。あちらに見えるのが八ヶ岳。荘厳でしょう。でも祖父は、ここから車で少し走ると、浅間山の麓《ふもと》に行けて、一日中、飽きずに眺めていたそうです。どうやら、八ヶ岳より浅間山のほうが好みだったらしい。それで食堂の店名を、浅間亭にしたと、祖父から直接聞きました」

「わたしも、海より山が好きです。空気がおいしいし、海より静かでしょう」

はるか彼方に連なる八ヶ岳連峰を、まぶしそうに見つめながら、彼女は言った。

ログハウスを背にして、宗佑は歩き出した。

雑草の茂る平地を、白樺《しらかば》の並木が、ぐるりと取り囲んでいる。

どこからどこまでが祖父の所有していた土地なのか、はっきりしない。が、土地の所有権を巡って、近隣の人と争ったことは一度もなかったから、白樺の内側が米倉家の土地なのだろうと、宗佑は勝手に決めていた。

「かなり広いでしょう。慎一君も、ここなら自由に野菜が作れる。開墾《かいこん》に少し手間がかかるかもしれないけれど」

「ほんとうに、この場所を使わせていただいてよろしいのでしょうか」

野球帽を少しあみだにして、彼女は瞳を輝かせた。

「ログハウスも住み心地はいいと思いますよ。大きなリビングとキッチンがあって、奥にはベッドルームが三つある。バスルームもふたつあるから、らんちゃんが慎一君と一緒に来ても、不便はない。そうだ、らんちゃんの友だちを連れてくればいいじゃないか。恋人でも構わない」

冗談まじりで言ったつもりだったが、彼女の頬っぺたが、ぷっと膨らんだ。さも不満そうに。

「わたし、恋人なんか、いません。短大を卒業して一年経ちますが、鶏《にわとり》さんの世話が忙しくて、遊んでいる時間がないんです」

年齢にいつわりはなさそうだ。

渋谷や原宿あたりを、スマホを片手にして闊歩《かっぽ》している若いお嬢さんたちとは、生活環境がずいぶん違う。だいいち、柳沢らんがスマホを手にしている姿は、一度も見たことがなかった。

若い女性たちが一秒でもスマホを離せない理由は、複数の恋人と頻繁に交信しているからだという話は、何度か聞いたことがあった。

その話からすると、恋人なんかいませんと、きっぱり言いきった彼女の弁は、信用に値する。

改めて宗佑は、彼女の横顔を追った。化粧らしい施しは、唇に塗った薄いピンクのルージュだけで……。あれっ、今日はプラチナ製らしい小さなイヤリングを耳たぶにぶら下げていることを、今になってやっと、宗佑は気づいた。

多少なりとも、自分を飾っているのか。

「さあ、ハウスに行きますか。案内しておかないと」

宗佑はハウスに向かって歩いた。

かたわらを寄りそうように歩いていた彼女の、視線がちょっと気になった。背丈は百六十センチほどだろうが、野球帽のツバの下から、ときどき興味ありげな眼差しを、ちらっちらっと送ってくるからだ。

「あの、ちょっとお聞きしてもよろしいでしょうか」

しばらくの時間をおいて、彼女は心配そうな声をかけてきた。

「どうしたの？　そんな深刻そうな顔をして」

「こんなに長い時間、店長さんと二人だけでお話をするのは初めてでしょう。それで、困っているんです」

「うるさそうなおじさん、だから？」

「いえ、そうじゃなくて、あなたのことをなんと呼べばいいのか、わからないいんです。社長さんとか、店長さんとか……。でも、あなたは句会を主催なさっているんですから、俳句の先生でしょう。宗佑さん、なんて、お名前を呼ぶのは厚かましいし、おじさん、では失礼です。それでさっきから、ずっと悩んでいました」

この子はほんとうに素直で純朴な女性だと、宗佑は改めて思いなおした。

「なんでもいいさ、呼び方など。これから二人で食事をする。お酒を呑むかもしれない。そんなとき、店長なんて呼ばれたら、せっかく用意してきた特上のヒレ肉もまずくなる。らんちゃんだって、そう思うだろう」

今夜はひょっとすると、清里泊になるかもしれない。

図々しく一人で決めて宗佑は、車のトランクに、大型のクーラーボックス二個を隠し入れて、大量の食料とアルコールを詰め、運んできた。

「あっ、はい。それじゃ、わたしの好きに呼んでもいいんですね」

「もちろん。ぼくはいっさい文句を言わない」

「だったら、あの、わたしのことも、らんちゃんではなくて、らん子と呼んでください」

「えっ、らん子……！」

ハウスに向かって歩いていた宗佑の足に、急ブレーキがかかった。

どこかで聞いたことある名前だった。

宗佑の脳裏に、爛子の文字がぱっと奔った。

驚いた様子で彼女も立ちどまった。そして、うつむき加減になって、野球帽のツバを深くした。

「変な名前ですか」

視線も向けず、彼女は聞きなおしてきた。

もしかしたら！

宗佑の脳裏は、目まぐるしく回転した。

この女性は、謎の一句を郵送してきた爛子かもしれない。いや、きっとそうだ！　宗佑は確信した。宗佑の瞼の底に、はっきりと、その一句が浮かんだ。

『背徳や少し深めの夏ぼうし』

事実、彼女の愛用している野球帽は、いつも深めにかぶっていた。今も……。けれど、今ここで、すぐさま謎を解いてしまうのは、もったいない。ずいぶん長い時間、あの一句を送ってきた女性の姿を、追いつづけていたのだから。

それに、爛子なる女性を夢想したとき、いつも出てくる姿は……、そう、和服姿がよく似合う島崎登美ママのような、しっとりとした、情感溢れる女性だった。健康美溢れるこの女性とは、かけ離れている。

だいいち、あの俳句に詠まれた『背徳』のひと文字は、浮気を意味しているのだ。この子ははっきり、恋人を作る時間もありませんと、断言していた。したがって、浮気とは無縁なのだ。

らん子と爛子が重なったのは、偶然の一致だろう。

そう考えなおして宗佑は、ハウスの玄関の鍵《かぎ》を開け、中に入った。

冷たい空気が澱んで、宗佑の身体を取りまいた。この二カ月ほど、ハウスには誰も入っていない。

「素敵……、だるまストーブがあるんですね。わたし、初めて見ました」

らん子の声に屈託はない。

「冬の寒さは厳しいからね。暖炉だけじゃ、寒さで震えあがってしまう」

「薪をくべるんですか」

「そう。冬が来る前に、枯れ木を集めて、ハウスの横に積み上げておくんだ」

「都会の暖房は電気でもガスでも、スイッチひとつで簡単でしょう。薪ストーブは人間の努力によって、だんだん温められていくみたいな、心のこもったぬくもりを感じます」

やっぱり、らん子は爛子かもしれない。

宗佑の頭はまた混乱する。

二十一歳の女性とはとても思えない感性を備えている。薪ストーブひとつにも、これほど豊かな感情をいだくのだから。

それでも宗佑は、何事もないような素振りでサッシ戸に歩いた。全面にカーテンが吊るされている。カーテンを引く。

サッシ戸の外は、板敷きのポーチになっていて、夏場の盛りは、長椅子に座って極冷えのビールを呑む。その味わいは、都会のビアホールなどとは比べものにならない格別さがあった。

「らん子さん、外を見て。八ヶ岳の岩肌が、きらきら光っている。冠雪時になると、日本とは思えない雄大な風景が広がってくるんだ」

スリッパをすべらせて、らん子は真横に立ちすくんだ。

「急に、こんなことを聞いたら、怒りますか。いえ、怒らないでください」

「どうしたの、急に。ずいぶん怖そうな目つきだけれど」

部屋に入っても、らん子は野球帽を脱がない。

帽子の後ろに垂れる黒髪は、そっとふれるだけで、ばらばらになってしまいそうなほど細く、柔らかそうに見えた。

「あの……、先生には奥様がいらっしゃって、今は別居なさっていると聞きましたが、それは、ほんとうのことですか」

嘘も隠しもない事実だったが、この女性が誰に聞いたのか、はっきりしない。が、先生と呼ばれて、悪い気はしない。社長や店長よりずっと気が利いている。

「誰から聞いたの？」

「兄からです。浅間亭の厨房で働いている方から、耳打ちされたとか」

浅間亭の従業員は誰でも知っている事実だから、外にもれても仕方がない。いや、いっこうに差しつかえないのだ。

「ぼくに奥さんがいるだけで、らん子さんに嫌われたら、ぼくは悲しいな」

「先生のこと、嫌いだったら、清里に来ません。それに先生が結婚していらっしゃることは、ずいぶん前、兄から聞いていました。だから、あの……、別居されていなくても、わたし、ついて来たと思います。先生とお話をしていると、気持ちが和らいでくるのです」

言葉を紡ぎながら、じっと見つめてくる彼女の瞳が、ほんの少し潤んだように見えた。

「もしかしたらぼくは、清里に泊まるかもしれないよ」

冗談をまじえた……、いや、半分以上は本気の気持ちを、彼女に伝えた。

「わたしと二人だけでしょう。あとからお友だちがいらっしゃるとか、あの、奥様が来られるということじゃありませんね」

「もちろん、二人っきりだ。隣の別荘まで二百メートル以上あるから、どんなに大きな声で叫んでも、助けに来てくれない」

話はどんどん危ない方向に進んでいく。

「叫ぶのは、先生ですか、それともわたしですか」

「ぼくは四十歳のおじさんだけれど、らん子さんに襲われても、決して負けないよ。らん子さんと戦う体力は充分あると、自信満々だ」

ぐふっ……。腹の底からおかしそうに、らん子は笑った。

笑顔はますます純である。

「先生とわたしが、取っ組みあいの喧嘩《けんか》をするのでしょうか」

「うん、そうなる可能性は残っている」

「なぜ……？」

「理由はいくつかある。ひとつ目は風呂に入ったらん子さんを、ぼくがこっそり覗いたとか」

「ふたつ目は？」

「ぼくも男だろう。愛らしいらん子さんと二人っきりでお酒を呑んでいるうち、むらむらっとしてきて、突然、襲いかかることもある」

「先生はジョークばっかりおっしゃって、真実味がありません。わたしみたいな小娘に、襲いかかることなんかないでしょう。それに、お風呂に入っているわたしの裸をご覧になっても、がっかりなさるだけです。痩《や》せっぽっちで、全然魅力ありませんから、三秒もしないで先生は、覗き見をやめてしまいます」

「ずいぶん、ひがんだことを言うね、らん子さんは」

「だから、わたし、自分の口から、ほんとうの気持ちを相手に伝えることができないんです。自分に自信がないんですね」

威勢のよかった彼女の姿勢が、急にうなだれた。

この女性には、なにか忌まわしい過去があったのかもしれない。そのことを相談したくて、清里までついてきた。

そんな考えが、ふと、宗佑の脳裏をよぎった。

座ろうか……。ひと声かけて宗佑は、ポーチに常備してある長椅子に腰を下ろした。

「ぼくはらん子さんより、ちょっぴり長く生きているから、いろいろ経験してきたつもりだ。悩み事があったら、聞いてあげるよ。いつまでもお腹の中に溜めこんでおくと、ストレスがつのって、軀に悪い」

音もなく彼女は、宗佑の真横に座った。

痩せっぽっちだと、一人で自分を責めていたが、ミニスカートの裾から伸びる太腿の丸みは、女の魅力を充分匂わせてくる。

「わたし、これでも、十九歳のとき、好きな男の子がいました」

スカートの裾をつまみながら、急に思い出したように、らん子は口を切った。

「それはそうだろう。らん子さんほどきれいな女性に、恋のふたつやみっつあっても不思議ではない」

「先生、そんなに茶化さないでください。ふたつもみっつもありません。あっ、でも……」

らん子の声は急に途切れた。

「ま、過去のことを、いろいろ悔やんでもしょうがない。それで十九歳のときの恋愛は、実ったとか？」

「先生、恋が実るって、どういうことですか」

うーん、むずかしい質問だ。

正しい答えは、なかなか出てこない。

「まあ、世間的に言うと、恋が開花して結婚した。そして子供が産まれた。こんな例は恋が実ったほうだろうな」

「先生には、お子さんがいらっしゃらないんでしょう」

「ぼくが下手なのかな。奥さんとは一カ月に二度、三度と会って、それなりに励んでいるつもりだけれど、子供はできない。あっ、そうか、そうすると、ぼくと嫁さんの関係は、まだ恋が実っていないことになるのかな」

「先生って、変な人。先生が男性でしたら、わたしだって、女です。二人っきりで清里まで来ているのに、奥様とのお惚気を聞かされるなんて、考えてもいませんでした」

さも不満そうな目つきで睨まれた。

「それは、ごめん。でもね、われわれ夫婦は、恋愛自由を誓約しているんだ。だから、もしも……、だよ、ぼくとらん子さんとの関係が大恋愛に発展しても、嫁と罵《のの》りあうようなことはない。もちろん、離婚することもないし」

「奥様も了解なさっているんですか」

「あの人も、大いに活躍しているようだから、気分よく許してくれるはずだ」

「奥様が活躍なさっているって、どういうこと？」

「だから、ぼくと会っていないときは、あっちこっちにすばらしい男を見つけて、恋の花を咲かせているということ」

「それは、あの、プラトニックではなく、フィジカルな関係もあるということですか」

「もちろん。その成果を、彼女はきっちり報告してくれる」

なぜからん子は、かなり深刻な表情になって、足を組んだ。

短いスカートの裾が太腿をすべった。

ストッキングの上からだが、その肉づきは、とても悩ましげに映ってくるのだった。

「初恋の人とわたしは、花も咲かなかったんです」

らん子の口ぶりは、切り口上になった。

「怒っているみたいだね」

「そのとき、わたしはまだ学生でしたけれど、十九歳になっていましたから、その人にあげてもいいかなって、考えていました」

「聞きにくいことだけれど、その彼にあげてもいいかなと考えたのは、らん子さんの……、ヴァージンを？」

「はい。自分で決めて、彼に誘われて、万座《まんざ》に行きました。スキーをしようと」

「万座温泉か。素敵なお山だ。ところが、うまくいかなかった、とか？」

「ドッキリカメラのような話ですけれど、彼と二人で温泉に浸《つ》かってから、ベッドに入りました。わたし、男の人と一緒にベッドインしたなんて、もちろん初めてでしたから、軀が固くなって、動けなくなったんです」

「そのとき彼は、いくつだったの？」

「わたしよりひとつ歳上で、成人式を迎えたばかりでした」

二十歳と十九歳か。事は円滑に運ばなかったかもしれない。

「我慢していたんだ、らん子さんは」

「ものすごく痛くて、泣いてしまいました」

「彼も驚いただろうな、急に泣かれて」

「違います。電話がかかってきたんです、そのとき、彼の携帯に。彼は飛びおきて、携帯を取って、話しはじめました。お部屋は静かで、連絡をしてきた人が、女の人だと、すぐにわかりました」

「それはドッキリするだろう」

「彼女の声がどんどん高くなっていくんです。どこにいるの、とか、誰といるの、とか。やきもちを妬いているみたいでした。あれは、恋人同士のやきもち喧嘩だったんですね」

「そうすると、二十歳の若者が、二股をかけていたんだ。しかし、携帯を切っておくくらいのマナーがあってもよさそうなのに」

「電話が終わったら、彼は言いました。これからすぐ、東京に帰るぞ、って」

まさに泣きっ面に蜂《はち》である。

しかし、この子はそのとき、泣いてしまうほど、痛かったのだ。

ということは、稚拙な行為だったのかもしれない。が、不埒《ふらち》な二股男に、貴重なヴァージンを奉《ささ》げてしまったことは、間違いなさそうである。

「かわいそうな時間だったんだね。ましてや、もう一人の女から電話がかかってきて、すぐに帰ろうとは、実に卑劣な男だ」

「わたし、言いかえしてやりました。あなた一人で帰りなさい。わたしは明日、電車で帰りますから、ご心配なく、って」

「そうしたら?」

「彼は、わたしと万座に来たことなんか、すっかり忘れているみたいに、さっさと身支度をして、帰ってしまいました」

すでに二年前の出来事である。

今になっては、慰める言葉も思いつかない。

「悪い男……、いや、ずるい男に引っかかってしまったと、あきらめるより仕方がないな」

「そのことがあってから、男性嫌悪症というのか、ものすごく強い不信感にとらわれて、絶対、男の人を信用してはいけない、って、自分に言いきかせるようになりました」

「しかし、ぼくだって男だよ。信用してもらえないかな」

らん子はまた、力のない目つきになって、うなだれた。

ときどき、大きな溜め息を吐いて。

もしもチャンスがあったら、挑んでみるか……。そんな下心があったことは否めない。が、二年前の忌《い》むべき事件を聞かされて、宗佑の意気ごみは一気に消沈した。

うまい肉をたらふく食べさせて、上等なワインを呑ませたら、静かに休ませてやるのが中年おじさんの優しさ、気づかいではないか、と。

「風呂にお湯を入れてくるよ。長いドライブで疲れただろう。心配しなくてもいい。絶対、覗き見なんか、しないから」

無理やり笑って宗佑は、椅子を立ちあがろうとした。

あっ、待ってください……。声と一緒に、らん子の手が伸びてきて、ぎゅっと手首をつかまれた。かなり強い力で、だ。

「まだ、話があるのか」

上げかけた尻を、元に戻した。

が、らん子の手は、手首から離れない。それどころか、指先をしっかり絡めてくるのだった。しっとりと汗ばんだ手のひらを、押しつけるようにして。

「わたし、ときどき先生のお店に、卵を届けに行くでしょう。兄が忙しいときに」

「ありがとう。栃木からじゃ、ずいぶん時間もかかるだろう」

「そんなこと、どうでもいいんです。わたし、運転は嫌いじゃありませんから」

「お腹が減ったら、浅間亭名物のオムライスを食べていきなさい。代金はぼくが払っておくから」

「ごちそうさま。でも、わたし、こっそり覗いて勉強させてもらいました」

「勉強……？」

「奥のお座敷に皆さんが集まって、俳句の勉強をなさっていることがあるでしょう。おもしろそうでしたから、覗いていましたら、優しそうなおじ様が、わたしにいくつもの短冊をくださったんです。その短冊には俳句が書かれていました」

「あの短冊はね、句会に集まった人たちが、自分で作った句を記して、まわし読みをするんだ。その日の優秀作を決めよう、としてね」

「わたしみたいな女の子が、俳句に興味を持ったら、おかしいですか」

「とんでもない。句会の主催者としては、大歓迎だな。今度は覗き見じゃなくて、堂々と句会に参加しなさい。句会が終わったあと、お酒を呑みながら、反省会を開いているけれど、これがまた、とても愉しい。らん子さんほど若くてきれいなお嬢さんが参加してくれたら、おじさんたちの人気者になるし、会が大いに盛りあがる」

「わたし、その中に、まだはっきり覚えている俳句があるんです。わたしの胸のうちが詠まれているような」

「どんな句……？」

「はい。『朝露や去りゆく君の靴の音』です。男の人が、わたしからどんどん離れていくんです。去っていく男の人の靴の音を聞きながら、わたしはいつも、めそめそ泣いているんです」

しんみりとした口調だったが、らん子は澱みなく答えた。

大したものだ。宗佑は感心した。他人の作品をしっかり記憶しているなんて。この女性には俳句の素養があるのかもしれない。

そうすると……。ふたたび宗佑の頭に、爛子の名前が浮かんだ。らん子を爛子に変えて、自分なりの俳号を考えた。

確かめてみようか。らん子が爛子だったら、これからの接し方が違ってくる。

謎を解く時間がやってきたらしい。宗佑はやっとその気になった。

「らん子さん、中に入ろうか」

短く言って宗佑は、椅子から立ちあがった。

レンガ造りの暖炉のそばまで歩いて宗佑は、すぐ横に置かれたテーブルに座った。メモ用紙とボールペンを取る。

「らん子さんに読んでもらいたい俳句があるんだ。詠み人知らずなんだけれど、感想を聞かせてもらいたいと思ってね。うまいか、下手か」

「わたし、よその方が詠んだ俳句を評価するなんて、そんなおこがましいこと、できません」

「まあ、ぼくの横に座りなさい」

スチール製の椅子を引きよせて、らん子は不安そうに腰を下ろした。

宗佑はボールペンを走らせた。

『背徳や少し深めの夏ぼうし』

ボールペンの先に食い入っていたらん子の指が、宗佑が握っていたボールペンにしがみついた。

「この俳句を詠んだ人物の俳号は……」

そこまで言って宗佑は、爛子と書いた。

「…………」

そのときになってらん子は、声もなく、毟《むし》りとるように野球帽を脱いだ。長い黒髪が、はらはらと舞ったように、宗佑の目に映った。

「米倉宗佑宛でこの俳句が郵送されてきたのは、二カ月くらい前だったかな。差出人不明でね。非常にすばらしい作品なんだけれど、誰が詠んだのかわからない。ちょっと気味が悪いんだ。句の内容も、かなり意味深だからね」

「ちゃんと読んでくださったんですね」

「何度も。送り主は誰かと、あちこちを探しまわった」

二人の間に数分、沈黙が流れた。

らん子は唇を噛んで、瞼を伏せる。

そして、やっと口を開いた。

「さっき申しあげたように、わたし、男の人が怖かったんです。二年前に出会った彼のことも、ほんとうに好きでした。愛していると思っていたんです。それでも裏切られたでしょう。自分の気持ちが通じなかったんです。それから、自分の口から本心を伝えると、また同じ運命が待っているかもしれないと思って、それで、俳句にしてみました」

「とすると、この句は、やっぱり、らん子さんが詠んだ作品だった……、ということ?」

「怒っていらっしゃいますか」

「全然。風流な女の人だと考えて、ぜひ本人に会ってみたいと思っていたんだけれど、まさか鶏卵農家のお嬢さんとは、想像もしていなかった」

「女の子でも、一目惚れをしてもいいでしょう」

らん子の指に、かなりの力がこもった。

言いたいことを言ったあとの安堵《あんど》が、彼女の指から伝わってくる。

「胸が熱くざわつくようなことを言ってくれるね。らん子さんの言葉が本心としたら」

「嘘じゃありません。半年ほど前でした。卵をお届けしに行ったとき、先生はねじり鉢巻をして、お店のお客様の注文を受けていらっしゃいました。暑い日で、額に汗をして、です」

「みっともない恰好を見せてしまったんだ」

「いいえ、素敵な方と、見ほれていました。だって先生は、そのあとお座敷で、俳句の勉強をなさっていたんですよ。全然違う二人の男性を見ているような感じになって。その上、奥様とは別居中だとか。わたしの頭は混乱して、ぼーっとして、もう一度恋愛をするんだったら、この人しかいないって、一人で決めました。

わたしにとっては、二度目の恋心です。ほんとうです。嘘じゃありません」

「らん子さんほど魅力的な、若い女性に告白されると、歳がいもなく有頂天になってしまうな」

「でも、自分の口から直接お話しする自信がなくて、それで、ずっと考えて、その句を作りました。わたしの作品だと、先生がわかってくださるまで、いつまでも待っていよう、と」

「ちょっと、待ってくれないか。らん子さんの話を聞いていたら、喉が渇いてしまったよ。冷たいビールが呑みたくなった」

言って宗佑はあわてて部屋を出た。

車まで歩いて、大型のクーラーボックス一個を担いで、部屋に戻った。

ボックスの中から二本の缶ビールを取り出した。

手が急いた。喉がからからに渇いていることもあったが、急展開したらん子の告白を、きっちり整理する時間がほしかったのである。

缶ビールのプルトップを抜いて、彼女に手渡した。

らん子の満面に、それは満足そうな、それはうれしそうな笑みが浮いた。

どちらからともなく缶ビールを掲げた。

「今日の日を記念して、乾杯しようか」

二本の缶ビールが鈍い音を響かせて、重なった。

彼女の喉が鳴った。おいしい……。唇の端を濡らして、らん子はまた微笑んだ。

「しかし爛子という俳号は、ちょっと大人っぽくて、小粋だったね」

「わたしの名前の、らんは消したくなかったんです。それで電子辞書を引いて調べました」

言ってらん子は、メモ用紙とボールペンを取った。

『らん』には、どんな文字があるのかと思って……。説明しながららん子は、文字を書き出した。蘭、嵐、覧、藍、爛。

「全部、らんと読みます。でも爛の文字が、一番意味のある文字に見えて、それで、爛子をわたしの俳号にしたんです。ちょっと大人っぽいでしょう。お色気もありそうだし。わたしみたいな普通の女の子が、俳号を持つのは生意気ですか」

「いいや、素敵な俳号だ。ぼくを惑わせようとしたんだろう。それで、背徳には、どんな意味があるのか、らん子さんは知っていたのかな。背徳は、浮気とか不倫という意味も含まれているんだけれど」

「怒らないで聞いていただけますか」

「変なことを言ったら、頬っぺたをつねるかもしれない」

「ものすごく痛くしないでくださいね。あのね、先生がわたしと浮気をしてくれないかなって、真面目に考えたんです。わたし、いつも帽子をかぶっているでしょう。だから、先生がこれから浮気をなさろうとする姿を、帽子を深くかぶって、こっそり覗いてしまおう、なんて、考えました」

「ぼくの浮気は公認でも？」

「そんなこと、知りませんでした。でも、先生の気持ちが少しでも爛子にかたむいて、奥様には内緒で、あの……、そっと頰にキスしてくださらないかな、なんて、胸をわくわくさせながら、ずっと考えていました」

「爛子の句に、らん子さんの愛とか情の心が、うまく描かれている。ちょっと秘密っぽくてね」

「それに、先生が爛子にキスをしてくださったら、二年前の万座のこと、全部忘れられると思いました。今になっても、軀のどこかに、しつこくこびりついているようで、気持ちが悪いんです。だって、先生はおわかりにならないでしょうが、なにも知らない女が、無垢な操をあげるのって、ものすごく勇気がいるんです。ほかの人は知りませんけれど、わたしにとっては、大げさではなく、人生の一大事でしたから」

　切々と訴える彼女の心情が、痛いほど伝わってくる。

　黙って宗佑は、両手を伸ばした。もちろん彼女に向かって、だ。なまじの言葉で、この女性の気持ちは癒されまい。

　らん子の眼《まなこ》が、大きく見開いた。美しく澄んだ瞳をきらきら光らせながら。

「ぼくにとって、今日の清里は、すばらしい高原になってくれた。この二カ月ほど、ぼくの頭をずっと混乱させていた謎の一句が、誰の作品だったのか、やっとわかった場所なんだから。それも、こんなにかわいらしい女の子だったんだから」

「先生はわたしのことを、子供扱いしています。かわいい……、なんて。わたし二十一歳になっています。それから、今は二度目の恋愛をしているんです。頬っぺたにキスをしてくださいって、恥ずかしいのを我慢して、わたしからお願いしました。女の子じゃなくて、女として認めてください」

　きっぱり言いきったらん子の全身が、スカートの裾をひるがえした。先生……。らん子は小さく叫んだ。次の瞬間、彼女の全身が、踊るようにして胸板に飛びこんできたのだった。

スカートを染めていたピンクやブルーの花びらが、ひらひらと散り舞ったように、宗佑の目には映った。

宗佑はつい笑いたくなった。

わたしを女の子じゃなくて、たった今、女として認めてくださいと抗議したばっかりだったのに。それは大胆にも、らん子は両足を開いて、宗佑の太腿に跨ってきたからだ。

ミニ丈のスカートの裾が、さらにめくれた。太腿の半分以上も剝き出しにして。上品な女性は、こんな勇ましい恰好はしない。

が、微笑ましい。

太腿に跨ってきたらん子の腰に手をまわし、引きよせる。

二人の視線が至近距離でぶつかった。まばたきもせず、見つめ合う。薄いピンクのルージュを施した唇に、ほんの少し隙間ができた。もれてくる彼女の、生温かい息づかいを、すべて吸いとってしまいたい。

それほど宗佑の胸はざわついた。

「ほっぺじゃなくて、唇にキスをしたくなった」

次第に熱を帯びてくる自分の気持ちを、正直に伝えた。

らん子の両手が、宗佑の首筋に巻きついた。さらに、顔を寄せてくる。

「わたしまだ、歯磨きをしていません。それでもいいですか。いやだったら、わたしのバッグに歯ブラシが入っていますから、少し時間をください」

ほんとうに愉しい子だ。

おれは歯磨き粉の、消毒臭い匂いは、嗅ぎたくない。そう言いたくなったが、宗佑は黙って彼女に頬を、そっと両手で挟んだ。

「待つのは嫌いなんだ。歯磨きをしている最中、らん子さんの気持ちが移ろいだら、ぼくがかわいそうだろう」

「わたし、そんな生やさしい気持ちで、先生についてきたんじゃありません。二十一歳の小娘でも、先生を愛する気持ちは、誰にも負けないつもりです」

幼い少女のようなあどけない気持ちと、成熟した女の心を、この女性は合わせもっている。

しかし四十歳になる食堂のおやじに、これほど熱く想い焦がれる娘さんの胸のうちが、宗佑には、どうしても読みきれない。

悪い気はしないのだが、一抹の不安がつきまとってくることも、否めない。

過去に何人の女性と恋愛ごっこをやったのか、そんなことはすっかり忘れてしまった。が、これほど真っ正直に、真正面から愛を告白してきた女性と巡りあったのは、初めてのことだった。

だが宗佑は、時の勢いに身を任せた。

秒をおくことなく、二人の唇が重なった。

それは静かなふれあいだった。お互いが、少しずつ遠慮しあっているような。らん子の唇が震えている。宗佑は確かに、そう感じた。

宗佑は、遠い昔をふと思い出した。今を去ること二十二年前。高校生活の最後の日の卒業式が終わったあと、同級生だった赤坂《あかさか》美冬《みふゆ》と体育館の更衣室の横で、ばったり出くわした。

どんな会話をしたのか、ほとんど忘れた。が、宗佑は手短に彼女に伝えた。その言葉だけは、今も忘れない。

「美冬との高校生活はものすごく充実していた。好きだった、美冬のことを。でも、今日でさようならだね」

とても寒かった日だった。

邪気があったわけではない。それでも宗佑は両手を伸ばし、彼女を抱きしめていた。彼女の手に抵抗の力は加わってこなかった。

そして、ごく自然に、二人は唇を合わせていた。それが宗佑のファーストキスだった。美冬の唇は小刻みに震えていた。

今と、そのときの状況がよく似ている。

四十歳のおじさんと、二十一歳になるお嬢さんとのキスにしては、拙《つたな》い。唇を合わせて、さあ、これからどうすればいいのだと、宗佑は明らかに迷っているのだから。

すぐさま男の欲望を剝き出しにして、舌を絡めるわけにもいかないだろうな、などど、殊勝なことを考えたりして。

唇を合わせたまま、二人はこっそり瞼を開いて、見つめあった。じっと、まばたきもせず。

くふっ……。口の中に忍び笑いをもらしたのは、らん子だった。つられて宗佑も、目で笑った。

が、唇は離したくない。

「先生はタバコを吸わないんですね」

我慢できなくなったのか、らん子は唇を離して、思いがけない言葉を発した。

「食堂のおやじが、ぷかぷかタバコを吸うと、ニコチンの臭《にお》いが店中に広がってしまう。句会はかなり長い時間がかかるから、途中でタバコを吸いたくなって席をはずすのは、出席者に失礼だろう。それに、もともとぼくは体育会系の運動部に入っていたから、タバコは禁止されていたんだ」

「今、思い出したんです、彼のこと」

「なにを？」

「彼はタバコを吸う人で、キスをしたら、ヤニ臭かったんです。先生のお口はタバコの臭いがしなくて、あの、息がきれいでした」

「しかし、本格的なキスになると、二人の舌が絡みあうことになる。そうすると、はるか歳上の、おやじの味がするかもしれない」

「おやじの味って、どんな味ですか」

「説明しにくいから、味見をしてもらおうかな」

冗談まじりに、宗佑は提案した。

ああっ！　宗佑の太腿を跨いでいた彼女の股間が、さらにスカートをめくり、ずずっと前に迫り出してきたのだった。

目尻が厳しい。

「先生はいつも冗談ばかりおっしゃって、わたし、悲しい。本気になってくれません。わたしが若いからですか。でも、わたしは真剣なんです。清里に行こうと、わたしを誘ってくださったとき、わたし、一人で心に決めました。大好きな……、いえ、ほんとうに愛している先生とだったら、なんでもできる、と。先生に相手をしていただいたら、前のような失敗をするようなことはないって、自分に強く言いきかせました」

この子は本気なのだ。

気まぐれの戯《あそ》び心で、ついてきたのではなさそうだ。

「ごめん。そんなに怒らないでくれないか。それじゃ、ぼくも真面目にお願いするよ」

「お願いって、なにを?」

この子の舌は汚れていない。

ピンクの唇が開くたび、ちょっと薄く見える舌先の朱色に、濁りがない。

「冗談を言っているんじゃないよ」

「早くおっしゃってください」

太腿に跨っている彼女の臀が、ややいらついたように、左右に揺れた。

そのとき初めて宗佑は、らん子の肉体に女の部分を感じとった。

短いスカートはすっかりめくれ、ストッキング越しではあるが、彼女のお臀の、肉のたわみが、太腿の稜線《りょうせん》に、直接伝わってきたからだ。

深そうな割れ目付近の肉づきまで。

わたしは痩せっぽっちな女ですと、一人でひがんでいたが、とんでもない。むっちりと盛りあがる肉づきは、もっちりとして。

鶏の世話は、かなりの肉体労働らしい。そのことは、兄の慎一君から聞いたことがあった。この子の肉体は、毎日の重労働に耐えているはずだ。

「らん子さん、目を閉じて、舌を出してみなさい。引っこめちゃ、だめだよ」

ほんの少しの時間、なにかを考えるような顔つきになった彼女の瞼が、静かに閉じた。

素直なのだ。

いかにもためらいがちな舌先が、唇の隙間から、すっと出てきた。唾液に濡れ、艶めいている。

こんなキスの仕方があったかな……、と思いながらも、宗佑は、彼女の舌先を唇で挟んだ。らん子の両手に力がこもった。じっと耐えている。ふいに舌先を襲ってきた異物に、細心の注意を払っているような様子である。

数秒して宗佑は、唇で挟んだ彼女の舌を離し、すぐさま己の舌を差し出し、つんつんと突いた。舌先同士がふれあった。

甘いのか、それとも酸っぱいのか。

ふた回りも歳下の女性と舌を合わせて、かなり緊張しているのか、味覚が鈍くなっている。ソープランドで若い泡嬢と戯れているのではない。

あっ……。宗佑は小声を出しかけた。

らん子の唇に舌先が挟まれたからだ。真似《まね》をしてきたらしい。強く挟んだり、ゆるめたりする。

ああっ……！　もう一度、叫びそうになった。舌先を吸われたからだ。かなりの力で。彼女のその行為が引き金になった。

太腿に跨っている彼女の腰を、さらに引きよせ、宗佑は舌を繰りこんだ。

「ううっ」

らん子の喉が鳴った。

二人の舌が、深く、激しく絡みあう。

宗佑の手が、彼女の背中を撫で上げた。手の動きは止まらない。白いセーターの内側にすべり込ませる。薄いシャツの下に、一本のストラップが強く締めつけられていた。

「あーっ、先生。先生の手は温かいの。大きいんです。先生の手のひらに、わたしの背中が吸われていくみたいです」

唇を離して、らん子は背筋を反らした。

ほっそりとした首筋を、仰け反らしながら。

「セーターを脱いでしまおうか。寒いかな」

今になっても、宗佑の緊張感は抜けていない。

この場に至っては、寒いも暑いもないのに。

「痩せっぽっちでも、わたしを、裸にしたいんですか」

らん子の声は途切れがちになっていく。

「痩せているかどうかは、裸を見てみないと、わからない」

「わたしがセーターを取ったら、先生もシャツを脱いでくださるんでしょうね。

一人で裸になるのは恥ずかしい」

「四十を超えたおじさんの裸を、見たいのかな」

「おじさんの軀を見たいと思ったら、いけませんか」

よしっ！　宗佑は気合をこめた。

おじさんはおじさんでも、肉体は衰えていないと、自負していた。二十一歳の女の子の期待に応えてやらなければならない。

すぐさま宗佑は、厚手のスポーツシャツのボタンをはずしにかかった。

すっかり乱れた前髪を指先ですき上げる、らん子の瞳が、前の割れていくシャツを、じっと見すえてくる。

乱暴な手つきで、腕からシャツを抜き取った。

下はランニングシャツ一枚。

武骨なほど逞しく育った肩まわりは剝き出しになり、分厚い胸板はシャツを盛りあげている。

「先生の軀、すごい！」

らん子の口から、呆けた声がもれた。

「若い坊やには、まだ負けないよ」

「ねっ、さわってもいいでしょう」

「どうぞ、自由になさい。その前に、セーターを脱いでしまおうよ。らん子さんがセーターを脱いだら、ぼくはズボンを取ってしまう」

「ええっ、ズボンも！」

「ズボンの下は、トランクス一枚だけれど、目を閉じないでくれよ。おじさんのパンツなんか、見たくもないから隠してくださいなんて、言わないでほしいな」

はっとした。

太腿に跨っていた彼女の太腿が、高く飛びあがったように見えたからだ。

次の瞬間、らん子は宗佑の目の前に、すくっと立ちつくした。

若い女性の動きは、お見事！　と誉めてやりたくなるほど、素早い。

白いセーターが頭から抜き取られるまでの時間は、まばたきを二、三回するだけで事済んだ。

超薄手のシュミーズ風ランジェリーに、淡いブルーのようなブラジャーの影が、ぽっかり浮きあがった。

「先生、わたし、セーターを脱ぎました。痩せているでしょう。胸も小さいんです。でも、力はあります。農作業は力仕事ですから」

「痩せてなんかいないさ。らん子さんのような軀を、女の人らしく均整の取れた体型、というんだよ」

「慰めてくださっているのね」

「ぼくはね、愛想のない男で、女性をいたわったり、慰めたりする言葉を知らないんだ。正直な感想を伝えただけさ」

「それじゃ、約束どおり、ズボンを脱いでください」

急かされて、宗佑はあわてた。

ズボンを脱ぐことも忘れて、彼女の胸元に見ほれていた。これほど清楚な女性を直視したのは、何年ぶりのことだろう、と。

二十一歳にしては、可憐《かれん》すぎる。繁華街に溢れる若い女どもの大多数は、茶髪に厚化粧、ど派手なファッションで、宗佑は苦りきっていた。

それに引き換え、らん子の素朴さ、清純さは、あまり類を見ない。

ふっと気を取りなおして宗佑は、ズボンのベルトをほどきはじめた。

ちょっと、待て！　瞬間、宗佑の胸にためらいが奔った。知らない間に、男の肉はトランクスをこすって、そそり勃っていたからだ。トランクスのフロントは膨らんでいる。間違いない。

この子に、無様な形を見せていいのだろうか。

（しょうがない）

大人しく、元の形に戻りなさいと命令しても、まるで言うことを聞かない性悪な肉でもあった。

あきらめてズボンを引きおろす。

「先生は、トランクス派だったんですね」

真面目顔で指摘され、なんと答えていいのかわからない。たまにはブリーフを着けることもあるが、あいつは窮屈なのだ。

「うん、風通しがいいんだ。蒸れると気持ちが悪いだろう」

照れまくって宗佑は、様にならない答えを返した。

「先生って、ほんとうにおもしろい人」

「なにが？」

「だって、トランクスとランニングシャツだけになった先生って、あのね、小学生のガキ大将みたいだから。わたしが小学生のとき……、そう六年生だったわ。クラスに軀の大きな腕白坊やがいて、お友だちはみんな怖がっていました」

「そのガキ坊主に、ぼくが似ているのか」

「それがね、おかしい人だった。みんなが怖がっているのに、わたしにはすごく優しくて、学校からお家《うち》まで一人で帰るときは、ほとんど毎日、彼がついてきてくれました。百メートルくらい後ろからこっそりと」

「小学校は栃木県だったんだろう」

「そうです。夕方、薄暗くなったときは、五十メートルくらいまで近づいて、わたしをガードしてくれていました」

「ほんとうはらん子さんと、並んで歩きたかったんだろうな」

「それでね、卒業式のあと、彼は急にわたしのそばに来て、これ、あげるって、小さな袋をくれたんです。そのとき彼の頬っぺたは、真っ赤でした。のぼせていたみたいで」

「なにが入っていたのかな」

「リンゴと柿と、バナナが一本。彼の家は八百屋さんで、きっと、お店の棚から持ち出してきたのね。でも、うれしかった。男の子からプレゼントをもらったのは、初めてだったから」

素敵な思い出だ。

きっと、そのガキ大将にとって、らん子は憧れの女の子で、初恋の人だったのだろう。

「らん子さんの話を聞いていると、ほのぼのと心が温まってくるな。しかしぼくは百メートルも五十メートルも後ろから、きみを見守ってあげるような優しさはないかもしれない」

「わたしだって先生に、ずっと遠く離れたところから、見守っていられるだけでは、いやです。すぐそばで、先生の温かさとか匂いに浸っていたい……、なんてわがままを言ったら生意気ですか」

らん子の足が、半歩前に出た。

いくらか足元をふらつかせて。

合わせて宗佑も、彼女に向かって足を進ませた。

抱きとめた。

すがりついてくる。

「やっと、二人っきりになれたね。らん子さんの心臓の鼓動が、ぼくの胸に、どきんどきんと伝わってくる」

「苦しいほど、高鳴っているんです。わたし、ほんとうに昂奮しています。軀のあちらこちらが震えて、痺れて、立っているのが辛くなってくるほど」

「抱き上げてあげようか」

「えっ、わたしを?」

「ここはリビングルームだから、ベッドのある部屋まで、抱いていってあげる」

「先生はやっぱり、優しい方だったんですね。わたし、夢を見ているようです。

先生に抱かれて、ベッドルームに連れていかれる、なんて」

宗佑はほんの少し腰を屈めた。

両手を伸ばし、彼女の背中と太腿を支え、ひと息に抱き上げた。らん子の顔が胸板にうずくまった。熱気をこもらせた彼女の息づかいが、ランニングシャツを素通しにして、胸元に吹きかかってくる。

辛い過去を背負《しょ》っていても、この子の軀のどこかには、女の情念が息づいていたのだろう。

ログハウスの一番奥に造られた居間は、宗佑専用の寝室だった。

カーテンを引いた部屋はひんやりと冷たい。高原の秋は陽《ひ》が落ちる時間になると、急激に冷えこむ。が、その冷えこみが、火照った軀には心地いい。

ベッドカバーをそのままにして宗佑は、そろりとらん子を寝かせた。

スカートの裾は大きくめくれ、太腿の大部分が露出する。

そんなことには目もくれず、宗佑は添い寝をした。

左腕で彼女の頭を抱きくるめ、引きよせる。

胸板に埋もれたらん子の顔が、まぶしそうに向きあがった。ピンクの唇にかすかな震えを奔らせて、だ。

言葉もなく二人の唇はふたたび重なった。

舌を差しこんだ。吸いとられる。二人の舌が激しく強くもつれ合った。男の欲望が急激に高まっていく。ついさっきのどこか遠慮がちだった、子供じみたキスではない。お互いの舌を貪りあう激しさ、熱っぽさが、どこからともなく滲み出てくる唾液の量を多くしていくのだ。

宗佑は飲んだ。

飲み返された。

らん子の腰がもがいた。前後に揺らし、トランクス一枚になった宗佑の股間に押しつける。この女性の性体験は、おそらく、十九歳の時に経験した忌まわしい交わりだけだったのだろう。しかし、おびただしい唾液を往復させる接吻は、女の本能を呼びさましているのだ。

狙いを定めたように、らん子の股間は、迫りあがった男の肉を、執拗《しつよう》なほど攻めたててくる。

直立した男の肉が、この子の股間をこすっているはずだ。

その肉のしこりがなんであるのか、らん子が知らないはずもない。

なんのためらいもなく宗佑の手は、めくれたスカートの内側にすべり込んでいた。なめらかな肉の盛りあがりを、撫でまわす。

「先生、ねっ、あの……、わたしも蒸れています。ストッキングの中が」

「涼しいのに？」

「人間の体温は外気より、体内にこもった熱のほうに、敏感に反応してしまうのです。そんなこと、先生もご存知でしょう」

「ストッキングが熱っ苦しくなってきたとか？」

「先生はずるいんです。ご自分はさっさとパンツ一枚になって、暑さを避けていらっしゃるのに、わたしはまだ、スカートもストッキングも穿かされているんですよ」

女性の目覚めは、年齢とか経験を度外視して、その言動をどんどん大胆にしていくらしい。

「脱がせてあげよう。涼しくて気持ちいいよ」

添い寝をほどいて宗佑は、半身を起こした。

らん子はそれでも、不安そうな視線を向けてきた。

「男の人の前で、下着を脱いでも、悪いことじゃないでしょう。だって、わたしは先生のことを、ほんとうに愛しているんですもの」

「ぼくだって、もう、半分裸になっているんだ。どうせのことなら、二人とも、全部脱いでしまったほうが、さっぱりするかもしれない」

「えっ、全部……」

「そう。スカートやストッキングはもちろんのこと、薄いインナーとかブラジャー、それにパンツも、ね」

「先生は？」

「決まっているさ。らん子さんがあまり好きそうでないトランクスやランニングシャツは、さっさと脱いでしまう」

「そうしたら、二人とも、ほんとうの裸になるんですね」

「一糸まとわない、裸に……」

　宗佑の手がせっかちに動いた。

　めくれたスカートのファスナーを引きおろし、裾をつかんで引き下げる。思わず宗佑は目を凝らした。シュミーズ風の薄布は腰のまわりでぷっつりと切れ、ベージュのストッキングに包まれた臀の膨らみを、ぽっかり浮きあがらせたからだ。

　決して大きいほうではない。が、その形状は、いかにも健康的で、できることならその頂に、唇を押しつけたくなるほど愛らしい。

まさに若さの特権である。

股間を覆うパンツは、とてもシンプルなデザインの淡いブルーで、ブラジャーと対《つい》になっている。

すぐさまストッキングを脱がせるのは、罪深い。

宗佑はそう感じた。

らん子の半裸が、あまりにも清潔で、幼く、瑞々しく映ってきたからだ。

えっ！　宗佑は目を見張った。彼女の手が急くように動いて、白いインナーを頭から剝いだからだ。彼女の手は、止まらない。背中に指先を伸ばすなり、ブラジャーのホックをはずしたのだった。

弾けるように浮きあがった乳房は、小さなお椀《わん》型。形は小ぶりだが、皮膚は張りつめている。内なる肉を、みっしり閉じこめるように。

純白の盛りあがりの頂で、ぴくんと尖る乳首は、紅色に染まっていた。

「ストッキングとパンティは、先生にお任せします」

両手で乳房を覆い、らん子は喉枯れしたような声で言った。

いざとなると、女の子は潔い。男の自分より、はるかに、だ。

「ストッキングとパンツを脱いだら、全裸になるんだよ」

「わたしの裸は貧弱で、見たくないんですか」

「そんなことを言っているんじゃない。正直なことを言うと、ちょっと気おされているのかな。らん子さんがかわいすぎて」

「ほら、先生はまた、わたしのことを、子供扱いしています。わたしは……、わたしのすべてを先生に差しあげたいと、そう思って、清里までついてきたんです。わたしの気持ちも理解してください。もう、子供扱いしないで」

これ以上の告白は聞きたくない。

二十一歳の健やかな女の子を、据え膳にはしたくない。それこそ男の恥だ。

宗佑の手が伸びた。

やや横向きになって寝ていたらん子の背中を支えもって、仰向けにする。

素直に応じてくるのだ。

まだどこかに幼さを残している乳房の膨らみと、実に色気のないパンティストッキングが、アンバランスに映った。

「お臀を浮かせなさい」

「脱がせてくださるのね」

「らん子さんの軀に、パンストは似合わないよ。おばさん臭くなる」

短い言葉を交わした宗佑の手が、パンストのゴムにかかった。

そうだ！　一枚一枚脱がせるのは、時間の無駄づかいだろう。自分勝手にそう決めたとき、宗佑の指先は、パンストのゴムと一緒に、パンツのゴムにもかかっていた。

らん子の腰が浮いた。

二枚を一緒にして、一気に引き下げる。

「ああっ、先生！」

甲高く叫んだらん子の両手は乳房を離れ、急降下して、股間の丘にかぶされた。

ちらっと見えた黒い茂みは、小さな逆三角形だった、ような。

「ごめん、乱暴なことをしてしまった。でもね、一分でも早く、なにも着けていないらん子さんの裸を見たかったんだ」

「あーっ、こんなに明るいお部屋ですよ」

「窓から射しこんでくる陽射しに反射して、真っ白な素肌がきらきら光っている。きれいだ。見とれてしまうほど。さあ、そんなに恥ずかしがらないで、手をどけて」

「みんな見えてしまいます」

「ぼくはね、らん子さんの軀の隅々まで、全部見たいんだ。これは、男のわがままなのかな」

「わたしも、今、同じ気持ちです。先生の男の力を見たいんです。この目でしっかりと」

男の力……？　彼女の口からもれたひと言を、反芻した。

腕相撲をしても負けない。学生時代、武術で鍛えた腕力は、まだ男の力を残している。

が、正しい答えが出てくるまで、一分とかからなかった。

「トランクスを脱ぎなさいと、らん子さんは言っているんだね」

「リビングルームで先生は、わたしを抱いてくださったでしょう、キスをしながら。そのとき、わたし、感じたんです。わたしの下腹に、ずきずき当たってくる先生の力を。固いし、それに鞭《むち》のようなしなりもあって、どんな形になっているのか、ちゃんと見たくなったんです」

「それほど、見栄えするものじゃないと思うけれど」

「いいえ、迫力がありました。男の人の力が漲っていたような。ですから、どうしても……」

仰向けに寝ていたらん子の顔が、ゆらりと起きあがったのである。

蒼く澄んでいた目が、薄いピンクに色変わりしているのだ。

しょうがない。この子は熱望している、逞しく躍動する男の肉を見たい、と。

それが男の力の源泉だ。

そうか……。宗佑は気づいた。二年前、二股をかけていたらしい元彼は、見せるものも見せず、組み伏せたのだ。その結果、この女性の初体験は、激しい痛みが奔るのみの、無残な行為で終わった。

女性の快楽など、一ミリも感じなかったのだろう。

おまけに行為の真っ最中に、もう一人の女から電話がかかってきたのだから、まさに泣き面に蜂だった。

(心ゆくまで見せてあげよう)

開陳するにふさわしい大きさに成長している。

宗佑は己の股間に神経を集中して、確認した。肉筒の根元が痛いほど勃起しているのだ。

らん子の真横で、宗佑は膝立ちになった。

あっ、先生。見せてくださるんですね、先生の男の力を……。かすれた声を発したらん子は、自分が全裸になっていることも忘れたふうに、横座りになった。目を見開いてくる。

呼吸を詰めて宗佑は、トランクスを一気にずり下げた。いきり勃つ男の肉が、ゴムを弾いて飛び出した。

「ああっ、先生！　それは、なんですか。跳ね上がりました」

「らん子さんの言う、これが男の力。今日は一段と、力を漲らせているようだ」

横座りになった膝をずらして、近づいてくる。

息づかいが荒い。

が、宗佑の目には微笑ましく映った。

トランクスから飛び出した男の肉に注意の目が向いて、股間を隠していた彼女の手は、お留守になっていたからだ。強く閉ざした太腿の付け根から、ちょっぴり顔を覗かせる黒い群がりは、悩ましいというより、やっぱりかわいらしい。

「先生、泣いています」

らん子の指が、男の肉の先端を指した。

いけねーっ！　あわてて隠そうとしても、すでに遅い。先漏れの粘液の数滴が、鈴口を濡らしていたのだ。これはみっともない。けれど、歯を食いしばって我慢したら、止まるものでもなかった。

「らん子さんの、ものすごく新鮮で、清らかな裸を見ていたら感激して、泣いてしまったらしい」

「あの……、わたしも泣いているみたいです。今、気がつきました」

らん子の背中が、急に丸まった。健康的な肉づきを見せつけてくる太腿の付け根あたりを、もじもじさせながら。

「見てあげよう、どのくらい泣いているのか」

「ああっ、でも、先生、そこは、あの……、先生にお見せするようなところではありません。それに、まだ、お部屋が明るいんです」

「しかし、どんどん涙が溜まっていくと、気持ちが悪くなってくる」

「拭いてくださる、とか?」

「そう。ぼくの舌でね。ティッシュやタオルじゃ、もったいない。らん子さんの涙はとても貴重だから」

「わたし、男の人の舌で、涙を拭いてもらったこと、一度もありません」

「舌の使いようで女の人は、とても気持ちがよくなるらしい。だから、もう一度、仰向けに寝なさい」

そのとき初めてらん子の表情に、大人の艶が浮いたように、宗佑の目に映った。ピンクの唇の端をわずかにゆがめ、そして、細い眉をぴくぴくっと震わせた。横座りになっていたらん子の全裸が、スローモーションビデオを見ているように、背中からゆっくり倒れていったのだ。

目を閉じる。

ほんとうに愛らしい女性だ。軀のどこにも穢《けが》れがない。どこもかしこも無垢な色あいなのだ。

が、この純なる女性の股間に埋まる二枚の粘膜の、狭い狭間から、じくじくと女の滴が滲み出ていることは間違いない。

宗佑は長く伸ばした彼女の、太腿の隙間に潜りこんだ。

「もう少し、足を開いて」

「あーっ、先生、わたし、怖くなりました。大好きで、ほんとうに愛している先生に、そんなところをお見せして、それから、先生のお口で拭いてくださるんでしょう。そんな恥ずかしいことをしたら、二度と先生にお会いできないかもしれないと思って」

「万が一、気分が悪くなったら、卵の配達は慎一君に任せなさい。その代わり、気持ちよくなったら、ぼくの句会に参加してほしいな。句会が終わったあと、お酒を呑む時間が待っているんだから。らん子さんだったら、ひと晩中でも付き合うよ」

らん子の両膝が、ゆるゆると立ちあがりはじめた。太腿を開きながら。

宗佑はさらに、深く潜った。

太腿の根元が左右に開いていく。

宗佑は目を凝らした。

もやもやとした細い毛の群がりが、淡いワインレッドに染まった二枚の粘膜に倒れている。

(膨張している……)

涙に濡れた二枚の粘膜が。

宗佑の目には、そう映った。

立ちあがった彼女の太腿を抱きかかえ、宗佑は口を近づけた。ふわりと漂ってきた女の香りは、どこかで味わったことのある熟した果実に似ている。

二枚の粘膜の、ほぼ真ん中を断ち割る肉筋の両側に、それはちっぽけな水滴になって、女の涙を連ねているのだった。

宗佑は舌先を差しこんだ、その肉筋に。とろりと垂れた涙を、すくい取る。

「あーっ、先生！　だ、だめです。そんなところにお口をつけたら」

すべてが木造のログハウスの壁に、彼女の甲高い叫び声が、低くこだました。彼女の指先が、宗佑の髪を掻き毟った。抵抗の指なのか、それとも歓喜の反応なのか、よくわからない。が、らん子の股間が、ぐぐーんと跳ねあがったのだ。二枚の粘膜のとば口を舐めていた舌先が、弾みを食らって、ぬるぬるっと埋まりこんだ。

甘酸っぱい。そうだ、思い出した。この味覚は、高原の果実として知られているプルーンの味わいだ。

宗佑の舌は、さらに深みに嵌まっていく。止《と》め処《ど》もなく滲み出てくる涙は、だんだん熱を帯びてくる。

「せ、先生！　もう、わたし、だめです。抱いてください。あのね、わたしの軀は奈落《ならく》の底に沈んでいくように重くなったり、しばらくすると、雲の上でハンモックに乗っているみたいに、ゆらゆら揺れて……、あーっ、しっかり抱いてください。目がかすんでいきます」

らん子の声につられて宗佑は、彼女の真上からかぶさった。覆いかぶさって宗佑は、三たび、唇を重ねた。

回を追うごとに、舌の絡みあいが粘っこくなっていくのだ。

いきり勃つ男の肉の先端が、左右に割れた太腿の奥を探った。応じてらん子の股間が迫りあがった。

「前と同じように痛かったら、すぐに言いなさい。抜いてあげるから」

舌の絡まりをゆるくして、宗佑は伝えた。

らん子の顔が、左右に振られた。

「先生、あーっ、入ってきます。ぬるぬると。痛いことなんかありません。ううん、先生のお肉は、わたしの軀をいたわりながら、ゆっくりと潜りこんでくるんです。大好きな……、いいえ、心の底から愛している男性に、わたしの軀が、飲みこまれていくんです」

「悦びを感じてくれているんだね」

「は、はい。これが、背徳の悦びかもしれません」

深みに嵌まった男の肉を、きゅっきゅっと締めつけてくる。

応えて宗佑は、さらに深く筒先を送りこんで、ゆっくりと引きぬいていく。張りつめた笠が、複雑に入り組む女の粘膜を、掻き出してくるような。

「先生、いかせてください、わたしを。あーっ、お願いします。朦朧としてくるんです」

この女性とは、長い付き合いになるかもしれない。

そう直感したとき、宗佑の股間の奥が爆発した。

熱い痺れを伴った吐射が、肉筒の真ん中を、電流の勢いで突っ走っていったとき、宗佑は我を忘れて、汗にまみれたらん子の裸身を、力任せに抱きしめていた。

恋女房の宏美が、いつものように連絡もせず、舞いもどってきたのは、それから十日後のことだった。

なにを血迷ったのか、一緒に風呂に入った。

少し痩せたのかもしれない。ウエストのまわりが引き絞られていた。

風呂から出て、極冷えの生ビールを一気呑みして、ベッドに入った。

「いい男に巡りあったのか」

世間話のように、宗佑は切り出した。

これから合体しようとするときは、生々しい妻の惚気話が、恰好の発奮材料になることもあったからだ。

「今度は、お料理教室の先生と」

「へーっ、いろんなところに手を出しているんだな」

「それがね、先生の歳はあなたと一緒の四十だったの」

「あまり味つけがよくなかっただろう。おれとおない歳じゃ」

「少し疲れていらっしゃったみたい。それでね、急にあなたのことを思い出して、心配になってしまったんです。もし軀を悪くしていたら、どうしようか、って」

「それはまた殊勝な。宏美にもそんな優しい一面があったんだ」

「元気そうで安心したわ」

「そう簡単にくたばるわけにはいかない。宏美に負けないで、いい女を探しまくっているんだから」

「その夜、一人でお酒を呑んでいたら、あのね、一句浮かんだんです。わたしはときどき、下のお口で、あなたの血液をいただいているでしょう。俳句の素養ももらっているのかもしれないって、ちょっと鼻を高くしたんです。ねっ、わたしの句を厳しく評価してください」

ベッド脇に置かれたテーブルから、宏美はメモ用紙とボールペンを取った。

腹這いになって、ボールペンを走らせる。

宗佑は、メモ用紙に目を向けた。

『秘の壺《つぼ》に一本生けし白い菊』

宗佑は何度か読みなおした。

素人さんにしては、なかなかの出来栄えである。しかし宗佑は、一点だけ添削した。白い菊にバッテン印を入れ、『返り花』とする。

「ねっ、返り花って、どんな意味？」

宏美は問うてきた。

「とんでもないときに咲く花というのか、季節はずれに咲く花というのか。うん、宏美の人生を指しているかもしれない。他人様には、はちゃめちゃな生き方に見えるかもしれないからな」

「わたしをいじめているんでしょう」

「いじめているんじゃない。どこかで、どんな恋の花を咲かせているかわからない宏美は、ほんとうに魅力的な奥さんだと、おれは心底誉めているんだ」

長々とした説明はいらない。

言葉を切って宗佑は、毛布に潜りこんだ。

一糸まとわない愛しい奥さんの秘の壺は、今いったい、どんなことになっているのだと、手探り、舌探りで目的地に向かっていくのだった。

三交社文庫
SEJ-049

人妻艶うた

2021年12月15日　第一刷発行

著　　者　末廣 圭
発 行 者　岩橋耕助
編　　集　株式会社メディアソフト
〒110-0016
東京都台東区台東4-27-5
TEL. 03-5688-3510（代表）　FAX. 03-5688-3512
http://www.media-soft.biz/
発　　行　株式会社三交社
〒110-0016
東京都台東区台東4-20-9　大仙柴田ビル2F
TEL. 03-5826-4424　FAX. 03-5826-4425
http://www.sanko-sha.com/
印　　刷　中央精版印刷株式会社
装丁・DTP　萩原七唱

ISBN978-4-8155-7549-6